Katharina Bennefeld-Kersten · Die Geisel

Katharina Bennefeld-Kersten

Die Geisel

Eine Gefängnisdirektorin
in der Gewalt des Häftlings H. M.

Kabel

ISBN 3-8225-0475-0

Gesetzt aus der Stempel Garamond
Satz: KCS GmbH, Buchholz/Hamburg
Druck und Bindung: Clausen & Bosse, Leck
Printed in Germany

Inhalt

Vorwort

Bahnhof Celle. Sie kommt mir auf dem Bahnsteig entgegen. Groß, schmal, langes rotbraunes Haar. Eine lässig gekleidete Frau in Jeans, Pulli und Turnschuhen. Das soll die Direktorin des Hochsicherheitsgefängnisses von Celle-Salinenmoor sein? Sieht eher aus wie eine Frau, die vor schweren Jungs beschützt werden muß. Ich bin überrascht.

Was hatte ich erwartet? Einen weiblichen Rambo-Verschnitt? Katharina Bennefeld-Kersten lacht und gibt sich keine Mühe, furchterregend streng auszusehen, plustert sich nicht als Respektsperson auf. Ich bin angenehm überrascht. »Ich hatte nie Probleme, mich durchzusetzen. Autoritäres Gehabe liegt mir nicht.« Sie hätte auch sagen können: Wer viel Wind um sich macht, hat es nötig. Tut mir leid, damit kann ich nicht dienen!

Unsere erste Begegnung im Frühjahr 1997. Ich weiß nicht viel über sie und das Geiseldrama von Celle-Salinenmoor. Kenne ihr Gesicht nur aus dem Fernsehen und aus der Zeitung. Katharina Bennefeld-Kersten, die vergewaltigte Anstaltsleiterin – erniedrigt, gedemütigt, beschädigt. Ihr Foto, großformatig neben dem des Täters. Bild-Leser seht her: Diese schöne, zarte Frau wurde von einem Sexgangster mißbraucht. Ein Alptraum.

Eine Frau gerät in die Schlagzeilen, ist wochenlang Objekt sensationslüsterner Berichterstattung. Von Skandalknast ist die Rede, auch davon, daß die Anstaltsleiterin mitschuldig sei an ihrer Vergewaltigung. Wie geht sie damit um? Wie verkraftet sie die Angriffe gegen ihre Person?

Katharina Bennefeld-Kersten schweigt. Sie kehrt drei Tage nach der Geiselnahme an ihren Arbeitsplatz zurück. Sie lehnt jede öffentliche Stellungnahme ab, verweigert Interviews und weist Einladungen zu Talk-Shows als Zumutung zurück. Vergewaltigte Anstaltsleiterin plaudert aus dem Nähkästchen. »Das hätte mir gerade noch gefehlt«, sagt sie.

Im Herbst 1996, acht Monate nach der Geiselnahme, rufe ich sie zum erstenmal an. Freundlich-verbindlich, aber sehr bestimmt weist sie mich ab. »Ein Fernsehporträt über mich? Nein, dann müßte ich auch über die Geiselnahme sprechen. Das will ich nicht.« Noch steht ihr der Prozeß gegen den Täter bevor. Wieder würde sie mit ihrem Namen in der Zeitung stehen, ihr Foto abgebildet werden.

Wir sitzen uns in ihrer Küche gegenüber. Katharina Bennefeld-Kersten will mich kennenlernen, bevor sie sich entscheidet, ob sie für ein Fernsehporträt zur Verfügung steht. Wir hatten mehrmals miteinander telefoniert. »Wir werden sehen, ob wir miteinander klarkommen«, meinte sie und willigte in ein Probetreffen ein. Wird sie mir Antworten geben auf meine Fragen zur Geiselnahme, zur Vergewaltigung? Ich bin mir unsicher, weiß aber, daß ich sie nicht drängen und bedrängen werde.

Wer seit zwanzig Jahren im Knast arbeitet, liefert sich nicht blauäugig fremden Leuten aus, gibt Persönliches nicht ohne eine Basis von Vertrauen preis. Katharina Bennefeld-Kersten ist auf die Presse ohnehin nicht gut zu sprechen. Vorsichtig tastet sie sich heran, erwähnt, daß sie die Rolle des bemitleidenswerten Opfers »ganz furchtbar« fände. Das könne sie nicht gut aushalten. Mitleid – dieses Stichwort muß es gewesen sein, das uns ins Gespräch brachte. Ich erzähle ihr von der Geburt meiner behinderten Tochter und den Tränen der anderen, die ich meinte trösten zu müssen. Selbstmitleid konnte ich mir damals nicht leisten. Ich war gefordert im Alltag.

Sie fragt nach, will mehr wissen. Die Bewältigung einer Lebenskrise ist auch ihr Thema, beschäftigt sie persönlich. Wir entdecken Gemeinsamkeiten in unseren jeweiligen »Überlebensstrategien« und reden miteinander. Ohne Humor wäre das Leben manchmal bleischwer. Darüber sind wir uns einig und lachen gemeinsam. Für viele Stunden ist mein Filmprojekt kein Thema mehr.

Katharina Bennefeld-Kersten berichtet von jenem Tag, der eine Schnittstelle in ihrem Leben ist – dem 26. Februar 1996. Ich höre zu und bin sprachlos. Ich hatte nicht daran gezweifelt, daß der Täter von der Polizei überwältigt und die Geisel von der Polizei gerettet worden war. Nun erfahre ich, daß alles ganz anders war. Ich bin schockiert: Sind die Journalisten falschen Informationen aufgesessen, oder haben sie sich das Ende der Geiselnahme zusammengereimt? Ist die Vorstellung, daß eine Frau sich aus eigener Kraft befreit und den Geiselnehmer zum Aufgeben bewegt, so abwegig, daß sich präzise Fragen an die Polizei erübrigen? Tatsache ist, daß die Polizei diese Falschmeldungen nicht dementiert hat.

Für die Anstaltsleiterin von Celle-Salinenmoor war es zunächst unfaßbar, wie die Geiselnahme zu einer Kampagne gegen Frauen in Männergefängnissen und gegen einen angeblich viel zu liberalen Strafvollzug benutzt wurde. »Ich hatte mir bis dahin keine Gedanken darüber gemacht, ob ich als Frau in einer Führungsposition anders behandelt werde als ein Mann. Jetzt war mir klar: Mit einem Mann wären sie so nicht umgesprungen.« Die Verzerrung des Geschehens paßte ins Bild, ins konservative Männerbild: Frauen sind dem harten Knastalltag nicht gewachsen.

Als Journalistin weiß ich, wie wichtige Tatsachen verschwiegen oder so verdreht wiedergegeben werden, bis sie in die gewünschte politische Richtung passen. Gefährlich wird es, wenn die Manipulationen nicht sofort oder überhaupt nicht erkennbar sind. Es mag ein Trost sein, daß selbst Leser und Leserinnen marktschreierischer Blätter nicht alles glauben, was ihnen als Sensation oder Enthüllung angeboten wird. Aber irgendwas muß ja dran sein. Irgendwas bleibt immer zurück, auch wenn das Opfer sich wehrt und eine Gegendarstellung durchsetzt. Das ist der schlimme Effekt leichtfertiger Berichterstattung oder schlampiger Recherche.

Pauschalurteile über die Presse, die lügt, überzeugen nicht. Nur der konkrete Einzelfall rüttelt auf, macht nachdenklich. Was Katharina Bennefeld-Kersten öffentlich widerfahren ist, umschreibt sie so: »Mir wurde ein Stück meiner Identität genommen.« Zeitweise zweifelte sie an ihrer Wahrnehmung: Was sie erlebt hat, stimmt mit der öffentlichen Darstellung nicht überein.

Sie erzählt mir, daß sie ein Buch schreiben will, um aufzuklären, was wirklich passiert ist. Sie hat es getan – eindringlich, spannend, präzise und niemals jammernd. Sie rechnet nicht ab, und sie prangert nicht an. Sie ist nicht verbittert, sie hat sich nur Klarheit verschafft und ihre Lektion gelernt: Eine starke Frau scheint so bedrohlich zu sein, daß sie auf die »Insel der Unzurechnungsfähigen verbannt« gehört.

Sie hat Distanz gewonnen, flüchtet sich aber immer noch in Sarkasmus und Ironie. Ohne diese Krücken des Selbstschutzes hätte sie die Angriffe gegen ihre Person wohl kaum überstanden. Aber: Wer sich ständig wehren und rechtfertigen muß, ist auch auf der Hut vor seinen eigenen Gefühlen, läßt Traurigkeit nicht zu. Katharina Bennefeld-Kersten hat ein Jahr nach der Geiselnahme zum erstenmal geweint.

Sie hat sich nicht unterkriegen lassen. Sie hat sich nicht in der Opferrolle eingerichtet, hat sich nicht ausgrenzen oder in einen Schonraum abschieben lassen. Sie ist schnell in ihren Berufsalltag zurückgekehrt und hat erlebt, daß sie für die Bediensteten und für die Gefangenen die Anstaltsleiterin geblieben ist. Ihr Beispiel macht Mut.

Am Ende unseres langen Gesprächs, irgendwann in den Morgenstunden, müssen wir nicht mehr darüber reden, ob sie bereit ist, ihre Geschichte für ein Fernsehporträt in N3 zu erzählen und dem Fernsehteam Einblick zu geben in den Alltag des Hochsicherheitsgefängnisses.

Ein Männerknast wie Celle-Salinenmoor ist alles andere als ein Ort der Behaglichkeit: Gewalt und Konflikte unter den Gefangenen, die immer mehr werden; Frust und Arbeitsüberlastung bei den Bediensteten, die immer weniger werden. An einer geschönten Version zeigt die Direktorin kein Interesse. Meine Gesprächspartner suche ich mir selbst aus. Zwei Wochen lang bewegen wir uns fast »frei« hinter den Mauern des Männerknastes. Sie sei wie »Stahl in Watte«, hieß es über Katharina Bennefeld-Kersten, als sie im Oktober 1991 Direktorin des Hochsicherheitsgefängnisses wurde. Sie kann auf Menschen eingehen und gleichzeitig deutlich machen, daß sie sich nicht auf der Nase herumtanzen läßt.

Zwei Tage vor Drehende, am 26. September 1997, erleben wir mit, wie die Anstaltsleiterin nochmals gefordert ist, sich nicht unterkriegen zu lassen. Sie wird für sechs Monate ins niedersächsische Justizministerium abgeordnet. Ein Organisationsberater hatte den Vorwurf erhoben, in Celle-Salinenmoor herrsche ein »geordnetes Chaos«.

»Als Anstaltsleiterin muß man manchmal Dinge aushalten, die etwas härter sind«, sagt sie an jenem Septembermorgen ihren Mitarbeitern in der außerordentlichen Dienstversammlung. Für einen Moment verliert sie die Fassung. In diesem Moment bringt sie zum Ausdruck, daß vieles, was sie nach der Geiselnahme im Februar 1996 erlebt hat, »manchmal über meine Kräfte ging«. Sie fügt hinzu: »Aber so ist das nun mal, wenn man Anstaltsleiterin ist.«

Die Bediensteten von Celle-Salinenmoor protestieren gegen die Abordnung, sammeln Unterschriften. Eine Untersuchungskommission überprüft die Vorwürfe: Sie sind haltlos. Die Direktorin kehrt zehn Wochen nach ihrer Abordnung nach Celle-Salinenmoor zurück.

Ich frage sie, ob sie sich in ihrer Position gestärkt fühle nach allem, was geschehen ist. Sie zögert nicht. Sie sagt einfach nur: »Na klar.«

Uta König*

* Uta König, geboren 1947 in Lindau/Bodensee, war 14 Jahre Autorin beim »Stern«, von 1991–1993 stellvertretende Chefredakteurin bei »Brigitte« und arbeitet seit 1994 als Filmemacherin für den NDR. Ihr Porträt über Katharina Bennefeld-Kersten heißt »Eine Frau im Männerknast«.

Die Geiselnahme

Justizvollzugsanstalt Salinenmoor,
Montag, 26. Februar 1996, 17:57 Uhr

Die Tür wird von innen aufgestoßen, öffnet sich ein wenig und bleibt dann stehen. Ich ziehe sie auf.

Ich sehe ihr Gesicht, ihre Augen und das Messer an ihrem Hals. Sie hält den Kopf etwas schräg, vom Messer weggewandt, das Kinn erhoben. Sie steht ganz still, schaut mich an.

Der Mann steht hinter ihr. Er hält sie mit dem anderen Arm umfaßt. Ich soll eintreten. Mit einer Bewegung des Kopfes weist er mir die Richtung.

Ich bleibe stehen, halte mich an der Türklinke fest. Nein, sie muß erst den Raum verlassen haben.

Er verlagert sein Gewicht, verstärkt den Druck der Umklammerung. Das Messer berührt ihren Hals, ohne die Haut zu verletzen. Seine Stimme wird lauter, drängender, ich soll hereinkommen.

Sie bewegt sich nicht, läßt mich nicht aus den Augen.

Keiner rührt sich. Es ist die erste Machtprobe zwischen dem Mann und mir. Wenn er nicht nachgibt, weiß ich nicht, was ich machen soll.

Ich sage ihm, daß ich erst eintrete, wenn sie gegangen ist.

Wir sehen uns an. Der Mann gibt nach. Er läßt die Hand mit dem Messer sinken, er gibt die Geisel frei.

Langsam, zögernd kommt sie auf mich zu, schaut mich an, als wolle sie etwas sagen, sagt aber nichts. Ich trete einen Schritt zur Seite, lasse sie an mir vorbeigehen und betrete den Raum.

Er schließt die Tür hinter mir, dreht den Schlüssel um und läßt ihn im Schloß stecken.

18:00 Uhr

Ich sehe mich in dem Zimmer um. Es ist das Büro der Sozialarbeiterin. Sie hat es gerade verlassen. Ein schmaler Raum mit einem Fenster. Vor dem Fenster steht ein Schrank, der die Fensteröffnung weitgehend verdeckt. Ein ungewöhnlicher Ort für einen Schrank. Ein paar Winterstiefel an die Wand gelehnt, auf der Erde eine Wasserflasche, ein Aschenbecher, daneben ein Stück Stoff – schwarz und undefinierbar. Ein Schreibtisch, quer zum Raum, unter der Platte der Alarmknopf, der nach Betätigung akustischen Alarm auslöst. Hinter dem Schreibtisch ein Stuhl. Die Schreibtischlampe brennt.

Ich gehe auf den Stuhl zu. Nein, ich soll mich auf den Fußboden setzen, vor den Schrank. Ich nehme den mir zugewiesenen Platz ein. Auch der Mann setzt sich auf den Fußboden. Er füllt den schmalen Raum zwischen Wand und Schreibtisch aus und versperrt mir so den einzigen Zugang zur Tür.

Die Rollen sind vertauscht. Ich bin Gefangene in diesem Raum. Der Mann ist Herrscher in diesem kleinen Territorium, diesem Zimmer von etwa acht Quadratmetern.

Ich muß mir Zeit lassen. Ich brauche Zeit, muß mich in meiner neuen Rolle erst zurechtfinden. Das Wissen um die augenblickliche Unabänderlichkeit macht mich ruhig.

Ein Kampf um die Macht erwartet mich. Ich muß

ihn gewinnen. Der Mann ist mir gegenüber im Vorteil. Er ist bewaffnet. Ich habe keinen Zweifel daran, daß er bereit sein wird, die Waffe einzusetzen. Aber er ist auch ein Mensch mit Berührbarkeiten. Wir sehen uns an, nehmen aneinander Maß, wie um den Standort und die Stärke des Gegners einzuschätzen.

Ich überlege, ob ihm die Tragweite dieser Aktion bewußt ist. Was hier läuft, ist eine Geiselnahme. Der Mann ist ein Gefangener, ein Sicherungsverwahrter. Er hatte eine Mitarbeiterin der Justizvollzugsanstalt als Geisel genommen, und nun hat er mich.

Was mag er erreichen wollen? Flüchten? Versprechungen erpressen? Der Preis für eine Geiselnahme in einem Gefängnis ist hoch. Er riskiert nicht nur sein Leben, er stellt sich auch ins Abseits der Gemeinschaft, und zwar nicht nur der Bediensteten, sondern auch fast aller Mitgefangenen.

Ich kenne ihn recht gut, habe verschiedene Gespräche mit ihm geführt. Und Krisensituationen sind mir nicht fremd. Viele Jahre habe ich im Gefängnis, aber auch draußen Krisengespräche geführt. Mit Menschen, die vorgeblich oder tatsächlich Schluß machen wollten: Schluß mit ihrem Leben, dem Leben anderer oder einfach nur mit der Situation, mit der sie nicht mehr zurechtzukommen glaubten. Ich bin dabei nicht immer erfolgreich gewesen. Aber die Erfahrung stabilisiert den schwankenden Boden unter meinen Füßen.

Ich weiß, daß er Frauen sehr zwiespältige Gefühle entgegenbringt. Für ihn als Mann sind sie das schwache Geschlecht, dem er sich jedoch allzu häufig unterlegen fühlt. Auf der Suche nach Erlebnissen des

Sich-stark-Fühlens hält er Kontakt zu weiblichen und männlichen Bediensteten. Er gibt sich gern lässig und unbeeindruckt, hart im Nehmen und ist sorgfältig darauf bedacht, niemals andere um etwas zu bitten. Fühlt er sich gleichberechtigt, ist er umgänglich. Fühlt er sich ausgegrenzt, kann er für sich und andere gefährlich werden. Sich selbst schreibt er männliche Verläßlichkeit zu. Ein Mann, ein Wort; nach dieser Devise glaubt er zu handeln. Das ist meine Chance, diese Aktion unbeschadet zu überstehen.

Wir müssen Vereinbarungen treffen. Vereinbarungen können der richtungweisende Weg aus dieser Sackgasse sein. Vereinbarungen, die realistisch sind, die ich einlösen kann. Den ersten Beweis beidseitiger Glaubwürdigkeit haben wir bereits erbracht. Der Mann hat die Sozialarbeiterin freigelassen. Ich habe den Raum allein und unbewaffnet betreten.

Ich darf keine Angst zeigen, ihn nicht in die Enge treiben. Solange ich sein Problem – was es auch sein mag – ernst nehme, ist er für mich erreichbar. Der Mann ist größer und kräftiger als ich. Sein stärkstes Argument ist die Waffe. Ein scharf angeschliffenes Messer mit umwickeltem Griff. Greift er mich an, komme ich nicht an die Tür. Ich sitze in der Falle. Ich muß mich dieser Bedrohung entziehen. Er darf die Waffe nicht zur Verständigung einsetzen.

Nein, ich werde mich auf diesen Machtkampf nicht einlassen. Er wird mit ungleichen Waffen ausgetragen, ich kann ihn nur verlieren.

Nun denn ... Ich befinde mich in einer ganz alltäglichen Situation: Ich bin Leiterin in dieser Anstalt, sitze mit einem Gefangenen in einem Büro und spreche mit ihm über ein Problem, über eine Angelegenheit, die der Regelung bedarf.

Jetzt ist der Mann für mich kein Geiselnehmer, er ist Verhandlungspartner in einem Geschäft besonderer Art. Wir müssen uns handelseinig werden. Ich kenne die Ware, aber nicht den Preis. Der Preis muß ausgehandelt werden. Die Ware bin ich. Der Mann glaubt wohl, einen guten Tausch gemacht zu haben. Er geht davon aus, daß eine Anstaltsleiterin im Wechselkurs dieses Geschehens höher bewertet wird als eine Angehörige des sozialen Dienstes. Ich bin mir da nicht so sicher. Die Sozialarbeiterin war Opfer eines Überfalls, ein unverschuldet in Not geratenes Opfer. Ich bin nicht überfallen worden. Ich habe mich für die Inkaufnahme dieser Situation entschieden. Das kann den Kurs ungünstig beeinflussen.

Auch unbewaffnet muß ich von dem Mann als Verhandlungspartner akzeptiert werden. Nur gleichberechtigt können wir einen tragbaren Kompromiß aushandeln, für den ich sozusagen persönlich hafte: Meine Zuversicht und meine Sprache sind mein Kapital.

Der Mann beobachtet mich. Er ist nicht mehr von dieser herablassenden Aggressivität, die mich in dem vorangegangenen Telefongespräch erschreckt hat. Er bedroht mich weder mit Worten noch mit Gesten. Er hält das Messer wie unabsichtlich in der Hand oder hat es neben sich abgelegt. Und ich vermeide jede Situation, die ihn veranlassen könnte, das Ungleichverhältnis zwischen uns hervorzukehren. Es hilft, sich im Klima einer geschäftlichen Unterredung einzig auf die Sache, das zu lösende Problem, zu konzentrieren.

Der Mann hält sich zurück. Er überläßt mir den Eröffnungszug in diesem Geschehen.

Ich beginne die Verhandlungen aufzunehmen, unternehme – erfolglose – Versuche, den Preis zu erfahren. Er wirkt ruhig, abwartend und ohne aggressive Spannung. Auf Fragen reagiert er zurückhaltend, seine Antworten sind knapp und sparsam formuliert. Dabei wirkt er nicht unwillig, sondern vorsichtig. Insgesamt vermittelt er den Eindruck mißtrauischer Ratlosigkeit.

In der Hoffnung, daß er vielleicht gar keine konkrete Vorstellung vom Preis hat, daß er sich und mich aus irgendwelchen Gründen unbedacht in diese Situation gebracht hat, erkläre ich ihm die Chance des »strafbefreienden Rücktritts«. Das ist die Möglichkeit, für eine Tat nicht bestraft zu werden, wenn man vor ihrer Vollendung freiwillig aufgibt.

Er läßt mich reden, schaut zu mir herüber. Ich kann nicht einschätzen, ob sein Schweigen Nachdenklichkeit oder Abwehr bedeutet.

18:10 Uhr

Das Telefon läutet. Der Mann hebt den Hörer ab. Die Mithörmuschel liegt neben dem Apparat auf der Erde. Ich höre den Anrufer sprechen. Die Polizei ist in der Anstalt eingetroffen.

Jetzt nennt der Mann seinen Preis: Er will – ganz in Ruhe – hier ein Gespräch mit mir führen, eine bis eineinhalb Stunden, dann ist er bereit, mich gehenzulassen. Ein Gespräch mit mir? Das hätte er auch einfacher haben können. Aber es ist ein akzeptables Anliegen.

Der Kriminalbeamte geht offenbar darauf ein. Er will auch mit mir sprechen. Der Mann übergibt mir den Hörer. Meine Zuversicht, daß diese Aktion in absehbarer Zeit beendet sein wird, steigt, als ich den Gesprächspartner identifizieren kann. Er ist mir aus seiner Tätigkeit als ruhiger, besonnener und kompetenter Mitarbeiter der Polizei bekannt. Er will wissen, wie es mir geht. Ich beeile mich, ihm, mit Rücksicht auf den Mann, zu versichern, daß hier vor Ort alles in Ordnung sei. Mein Gesprächspartner hat mich verstanden. Wir reden miteinander, als hätte er mich gefragt, ob ich gut in das neue Jahr gekommen sei. Die Dramatik der Situation ist ausgeblendet. Wir treffen uns auf der Sachebene: Hier müssen Dinge geregelt, muß ein Geschäft abgewickelt werden. Es bedarf keiner weiteren Erörterung, der Kriminalbeamte steigt als Vermittlungsführer in das Geschäft ein. Er bittet mich, ihn im Abstand von zehn Minuten anzurufen.

Der Mann beginnt das Gespräch mit mir. Es ist das alte Thema, das wir schon zu früherer Zeit erörtert haben: die Haftbedingungen für die Sicherungsverwahrten, Gefangene, die ihre Strafe verbüßt haben, aber zum Schutz der Gesellschaft noch sicher verwahrt werden sollen – in der Sicherungsverwahrung. Und weil sie damit über ihre Strafe hinaus viele Jahre auf ein Leben im Gefängnis reduziert werden, soll ihnen innerhalb der Mauern ein größerer Freiraum eingeräumt werden. Das Problem ist nur, daß die Anstalt nicht genügend Platz hat und neben den Sicherungsverwahrten eine steigende Anzahl an Untersuchungs- und Strafgefangenen beherbergen muß.

Ich rechne mit einer Forderung, die er jetzt mit dem Faktum der Geiselnahme einklagen wird. Er erhebt jedoch keine. Er hört sich meine Ausführungen zum Schutz der Allgemeinheit vor den Verwahrten, zur Überbelegung und den begrenzten Möglichkeiten aufgrund räumlicher Enge und knapper finanzieller Ressourcen an und wechselt das Thema.

18:29 Uhr

Draußen wird es laut, die Gefangenen bringen sich durch Rufen und Klopfen an ihre Zellentüren in Erinnerung. Es ist längst Zeit für den allabendlichen Zellenaufschluß innerhalb der Stationen.
Den Mann machen die Geräusche offensichtlich nervös. Ich rufe den Kriminalbeamten an, bitte ihn, für Ruhe zu sorgen. Er sagt zu. Der Mann setzt das Gespräch fort.

18:37 Uhr

Der Kriminalbeamte ruft wieder an. Der Mann nimmt den Anruf entgegen. Der Kriminalbeamte fordert ihn auf, den Hörer während des Gesprächs mit mir neben den Apparat zu legen. Die Logik seiner Begründung ist zwingend, das Anliegen des Mannes ist das Gespräch, die Polizei hat ihm dieses zugesagt und Zurückhaltung versichert. Die Polizei wird nicht einschreiten, solange sie – dank akustischer Überwachung – von meiner Unversehrtheit überzeugt ist. Der Mann ist einverstanden.

Ich registriere seine Bereitschaft, Bedingungen zu akzeptieren, Kompromisse einzugehen, ohne mich bei jeder sich bietenden Gelegenheit als Pfand einzusetzen. Das beruhigt mich. Und es beruhigt mich auch zu wissen, daß die dritte Instanz mit einem kompetenten Mitarbeiter der Polizei besetzt ist, der den Ablauf beständig verfolgen und notfalls den Eingriff veranlassen wird.

Ich frage den Mann, warum er das Gespräch, das ihm so wichtig ist, mit diesen Mitteln erzwingen mußte. Warum er mich nicht um ein Gespräch gebeten, nicht einen entsprechenden Antrag gestellt hat. Er weicht aus, kann keine schlüssige Begründung nennen. Ich weiß, daß es sein Stolz nicht zugelassen hat, um ein Gespräch zu bitten. Harte Männer bitten nicht, harte Männer gewähren. Er hätte mir das Gespräch gewährt, hätte ich ihn darum gebeten. Ich hatte aber dazu keinen Anlaß gesehen.

In dem Raum wird es warm, die Heizung läuft auf Hochtouren, das Fenster ist geschlossen, und ich trage noch meine gefütterte Lederjacke. Es ist ein Montagabend im Februar, draußen ist es kalt und inzwischen dunkel geworden.

Seit mehr als vier Jahren leite ich diese Anstalt, und ich arbeite gern hier. Nicht, daß es mir ein besonderes Vergnügen bereitet, Menschen wegzusperren. Es ist die Vielfalt der Aufgaben und die Herausforderung, mit vielen, sehr unterschiedlichen Menschen –

Gefangenen auf der einen und Bediensteten auf der anderen Seite – angemessen umzugehen. Wie in allen Einrichtungen, in denen die Arbeit mit Menschen im Vordergrund steht, verläuft kein Tag wie der andere.

Die Anstalt gilt als relativ ausbruchsicher und beherbergt vollzugserfahrene Gefangene, die lange Haftstrafen zu verbüßen haben. Von daher haben wir mit einer Geiselnahme gerechnet und waren nicht gänzlich unvorbereitet. Aber als sie stattfand, war natürlich alles ganz anders.

Ich erhielt die Nachricht um ca. 17:40 Uhr. Ich war auf dem Weg, die Anstalt zu verlassen. Mein Büro hatte ich schon abgeschlossen, stand mit meinem Hund in der Innenpforte und sprach noch mit dem Tourendienstleiter. Meine Vertreterin betrat den Raum, der Pastor folgte ihr. Mit wenigen Worten teilten sie mir mit, daß der Mann und die Sozialarbeiterin nicht aufzufinden seien. Das Büro der Mitarbeiterin sei verschlossen, auf Anrufe habe sie nicht reagiert. Sie müsse sich noch in der Anstalt befinden, da sie ihren Schlüssel nicht abgegeben habe. Eine kurze, sachliche Information.

Es war wie ein stiller Alarm, der in meinem Kopf ausgelöst wurde. Keiner von uns gab dem Ereignis einen Namen, und doch wußte jeder, was geschehen war: eine Geiselnahme.

Später erfuhr ich, daß die Sozialarbeiterin zuletzt gesehen wurde, als sie mit dem Mann in ihr Büro gegangen war. Den Bediensteten auf der Station hatte sie gesagt, daß sie noch mit ihm sprechen werde.

Gespräche zwischen Gefangenen und Bediensteten – ganz normaler Alltag für die Mitarbeiter und

Mitarbeiterinnen dieser Einrichtung. Persönliche Gespräche sind Voraussetzung für die vom Gesetz vorgesehene Förderung der Mitarbeitsbereitschaft der Gefangenen. Im Gefängnis haben wir nun einmal mit Menschen zu tun, die ihren Mitmenschen Schaden verschiedenster Art zugefügt haben. Unsere Aufgabe ist es, sie, wie auch immer, zu veranlassen, mehr Verantwortung für sich und andere zu übernehmen. Eine Aufgabe, die, wenn man sie erfüllen kann, für den Gefangenen und mehr noch für die Gesellschaft ungemein wichtig ist. Wenn man sie erfüllen kann – und das ist unter den Rahmenbedingungen einer solchen Einrichtung und unter Berücksichtigung der strafrechtlichen Vorbelastung der Klientel außerordentlich schwierig. Verantwortungsvolles Umgehen mit anderen Menschen ist eben nicht angeboren, sondern wird in einem lang andauernden Sozialisationsprozeß erworben – oder auch nicht. Und wie soll ein Mensch, wenn er diesen Prozeß nur lückenhaft durchlaufen hat, seine Fähigkeiten verbessern ohne die Möglichkeit, sich selbst einzubringen und Rückmeldungen zu erhalten?

Schwimmen lernt man nicht auf dem Trockendock, und persönliche Einsichten gewinnt man nicht aus Lehrbüchern. Dafür sind Gespräche, so schwierig sie auch manchmal für beide Seiten sein mögen, unabdingbar.

Als man begonnen hatte, das Abendessen auszugeben, fand man den Mann nicht in seiner Zelle vor. Das Büro der Sozialarbeiterin war verschlossen, und sie ging nicht ans Telefon. Während der Essensausgabe hatte man das Schließen der schweren Glastür vernommen, die die Stationen und das Büro vom Hauptflur trennt. Ein Hinweis darauf, daß das Gespräch beendet und die Sozialarbeiterin auf dem Heimweg war. Sie wußte ja auch, daß der Mann zur Essensausgabe in seiner Zelle sein mußte. Nur war der Mann nicht dort, wo er sein sollte. Die systematische Suche begann, er konnte ja nicht weit sein. Man überprüfte, ob der Schlüssel der Mitarbeiterin vorhanden war – reine Routine. Nein, der Haken im Schlüsselschrank war leer – kein Schlüssel. Dann trug sie ihn noch bei sich, hatte die Anstalt nicht verlassen. Jetzt kam dieses schwer beschreibbare Gefühl kontrollierter Panik auf. Der stille innere Alarm, den man nicht nach draußen dringen lassen will.

Ich brachte meinen Hund zurück in mein Büro und schloß die Tür, als tatsächlich Alarm ausgelöst wurde. Nicht still, sondern laut und vernehmlich. Es war 17:45 Uhr.

Wir standen vor dem Büro der Sozialarbeiterin, der Schlüssel steckte von innen, in einem einfachen Zylinderschloß. Hinter der Tür war kein Laut zu vernehmen. Der Sicherungsverwahrte mit der Sozialarbeiterin – unerreichbar hinter der verschlossenen Stahlblechtür. Die Flex mußte her, man mußte die Tür mit der Flex aufschneiden. Ich hielt die Bediensteten zurück. Wir durften nichts unternehmen, was das Leben der Sozialarbeiterin gefährden konnte.

Das Telefon im Stationsbüro klingelte, und ich übernahm das Gespräch. Die Sozialarbeiterin war am Apparat. Leise und eindringlich bat sie mich, für Ruhe zu sorgen. Der Mann bestehe darauf, daß absolute Ruhe herrsche. Weiter äußerte sie sich nicht, aber es war ein Appell: »Tut um Gottes willen, was er sagt, ich bin in Gefahr.« Ihre Stimme vermittelte keine Panik, eher ein Gefühl angstvoller Trauer. Sie schien nicht verletzt, und ich glaubte, daß, von der Überwältigung und Lebensbedrohung abgesehen, nichts passiert war. Ich gab den Auftrag, die Polizei zu unterrichten, dann sprach ich mit dem Mann.

Das bis dahin Unausgesprochene wurde jetzt beim Namen genannt: Geiselnahme. Und wie es sich manchmal ergibt, wenn der Ernstfall eintritt, die Angst gibt Ruhe. Ich erinnerte mich an die Vorgaben und nahm mir vor, mit dem Mann zu reden, ihn am Telefon festzuhalten, bis die Polizei eintraf.

Ich versuchte, mir ein Bild von der Situation hinter der verschlossenen Tür zu machen. Ich wußte nicht, was der Mann wollte und was er vorhatte. Er stellte keine Forderungen, gab sich herablassend, drohend, wohl wissend, daß er die Bedingungen diktieren konnte. Ich kannte ihn in dieser Stimmungslage und wußte, die Situation drohte zu eskalieren, wenn man nicht mehr an ihn herankam.

Ich kannte seine Straftaten, das über ihn erstellte Gutachten. Ich wußte, daß er als Heranwachsender eine junge Frau gefangengehalten, vergewaltigt und erdrosselt hatte. Ich wußte auch, daß er wegen versuchter Vergewaltigung in Sicherungsverwahrung genommen werden mußte und die Prognose des Gutachtens ungünstig war. Der Gutachter hatte eine Therapie für dringend notwendig gehalten. Der Mann hatte sich aber auf keine Therapie einlassen wollen. Er hatte Angst. Angst, sich vor anderen bloßzustellen, Schwächen einzugestehen, sich als hilfebedürftig zu erweisen. Lange Zeit hatte er die Therapie abgewehrt. Erst jetzt hatten es die Bediensteten mit viel Geduld und konsequenter Konfrontation geschafft, ihn zu einem Versuch zu bewegen. Die Therapiestätte war gefunden. Dem Mann war bekannt, daß er die Therapie jederzeit würde abbrechen können.

Ich wußte nicht, warum er ausgerechnet jetzt diese Geiselnahme initiiert hatte. Ich wußte aber, daß der Therapieversuch damit gescheitert und der Mann unkalkulierbar war. Er durfte die Frau nicht länger in seiner Gewalt haben.

Ich versuchte, ihn zur Aufgabe zu bewegen. Ohne Erfolg. Ich erklärte den »strafbefreienden Rücktritt«. Auch der schien ihn nicht zu interessieren. Er richtete sich in der Rolle des bedrohlichen Herrschers ein und gab Anweisungen: stillhalten und absolute Ruhe auf dem Flur – der Befehl wirkte auch ohne Drohung. Sein Wort hatte Gewicht, und er fühlte sich stark.

Ich vernahm den aggressiven Befehlston, und die Angst wuchs. Er hatte einen gefährlichen Weg eingeschlagen. Er würde sie töten, wenn er mit seinem Anliegen nicht ernst genommen würde. Ich mußte mit ihm reden, mußte ihn aus dieser Rolle herausholen. Ich würde es schon schaffen.

Ich bot mich zum Austausch an. Er wurde mißtrauisch, wollte überlegen. Meine Vertreterin versuchte mich zurückzuhalten. Ich setzte mich durch. Dann wollte sie mich nicht allein auf der Station zurücklassen. Der Mann hatte aber darauf bestanden, daß alle anderen Bediensteten die Station verlassen. Das hatte ich ihm zugesagt. Hielte ich das nicht ein, hätten wir jegliche Möglichkeit, Vereinbarungen auszuhandeln, verspielt. Auch meine Vertreterin verließ die Station. Ich hoffte, sie überzeugt zu haben.

Der Mann war immer noch vorsichtig. Ich teilte ihm mit, daß die Polizei benachrichtigt sei und nach ihrem Eintreffen kein Austausch mehr stattfinden werde. Da willigte er ein.

Und nun sitze ich hier in meiner warmen Jacke.

Die Welt, 28. 2. 1996
Ohne Absprache mit der Polizei habe ein Austausch der Geisel durch die Anstaltsleiterin stattgefunden, obwohl bereits Beamte im Gefängnis waren, hieß es.

Bild-Zeitung, 28. 2. 1996
Kurz vor 18 Uhr. Die Gefängnis-Direktorin bietet sich als Austausch-Geisel an – ohne Absprache mit der Polizei. Sie will das Leben ihrer Mitarbeiterin retten ... M. stößt K. S. aus der Tür, zerrt die neue Geisel ins Büro. Fesselt und knebelt auch sie, dann fällt er über sie her. Minutenlange Qualen. 18:02 Uhr. Draußen gehen SEK-Beamte in Stellung.

Hannoversche Allgemeine Zeitung, 28. 2. 1996
Ein Polizeisprecher betonte, der Geiselaustausch habe ohne Mitwirkung der Polizei stattgefunden und sei bei der Einsatzleitung auf Mißfallen gestoßen.

ZDF, 28. 2. 1996
Zuvor hatte sich die Polizei überrascht gegeben, wie und warum es zu einem Austausch der Geiseln ge-

kommen war. P., Leiter der Polizeiinspektion Celle: »Dieser Geiselaustausch ist ohne Zustimmung der Polizei erfolgt. Geiselaustausch sollte eigentlich nach taktischen Grundsätzen nicht erfolgen, und die nähere Erklärung dafür spare ich mir.«

Ich will mich der Jacke nicht entledigen, will nicht den Eindruck einer Besucherin vermitteln, die sich gemütlich einrichtet. Außerdem bin ich sicher, daß diese Aktion bald beendet sein wird.

18:59 Uhr

Der Kriminalbeamte spricht wieder mit dem Mann, will die äußeren Bedingungen verändern, sagt ihm die Fortführung des Gesprächs mit mir in einer anderen Umgebung zu. Nein, das will der Mann nicht, er will sein Gespräch hier und jetzt. Das ist alles, was er will.

Wir setzen das Gespräch fort. Der Mann berichtet über seine Kindheit. Auch dieses Thema kenne ich, es handelt von ihrem unglücklichen Verlauf und hat immer eine dreifache Botschaft:

1. Nachdenklichkeit: die echte Suche nach Ursachen für sein Scheitern an den Normen unserer Gesellschaft.
2. Abwehr: Eigenes Versagen einzugestehen heißt Schuld und bedroht das Selbstwertgefühl. Als Opfer einer gescheiterten Sozialisation ist er schuldlos und nicht für die Folgen verantwortlich.
3. Appell an die Nichtopfer: Diejenigen, die vermeintlich bessere Ausgangsbedingungen gehabt

haben, müssen aufgrund ihrer Besserstellung einen Beitrag zur Solidarität mit den Opfern erbringen.

Ich beschränke mich auf mehr oder weniger stilles Verständnis. Sosehr er sich zwischendurch auch bemüht, dem Gespräch den Charakter einer Abrechnung zu geben, scheint mir doch die Rolle des Anklägers etwas aufgesetzt. Mit dem an mich gerichteten Vorwurf, seine Bemühungen um Drogenabstinenz vereitelt zu haben, ist sozusagen das Gleichgewicht zwischen uns wiederhergestellt. Er hat mit der Geiselnahme der Sozialarbeiterin zwar eine schlechte Tat begangen, aber die Umstände gaben ihm das Recht dazu. Ich habe mit dem Austausch eine gute Tat begangen und bin nun in Bedrängnis, habe aber selbst schuld. Ich hätte die Sicherungsverwahrten in ihren Freiräumen nicht so beschneiden dürfen.

19:15 Uhr

Der Mann spricht mit dem Kriminalbeamten über Getränke. Bestellt – sich der Unmöglichkeit seines Ansinnens bewußt – ein Bier. Der Kriminalbeamte wehrt ab. Der Mann nimmt die Ablehnung hin. Es war nur ein Versuch. Der Mann fragt, ob ich ein Getränk haben möchte. Ich will nichts trinken, ich will hier raus. Die Bedingungen der Getränkeübergabe müssen ausgehandelt werden, das kostet Zeit. Andererseits, der Mann wird die Tür öffnen müssen. Ich hätte Kontakt, zumindest Blickkontakt zu einer Person, die auf meiner Seite steht, die mir helfen will, die mir signalisiert: Wir schaffen das. Die Person erhielte einen Eindruck von der Örtlichkeit, könnte weitergeben, wo ich mich befinde. Vorausgesetzt, der Mann schleppt mich nicht mit dem Messer an meinem Hals mit zur Tür.

Ich bestelle eine Cola. Der Mann gibt die Bestellung weiter. Meine Vertreterin soll sie überbringen. Ich weiß, daß sie dazu bereit sein wird.

Die Getränkeaktion wird dauern. Wir dürfen nichts überstürzen, keine Hektik verbreiten. Mein Hund fällt mir ein. Mein Hund Bruno. Ich hatte ihn in meinem Büro eingeschlossen. Er wird nicht verstehen, warum ich nicht zurückgekommen bin. Meine Vertreterin kennt ihn gut, sie soll ihn aus seinem Gefängnis befreien. Wenigstens ihn.

Der Mann gibt mein Anliegen an den Kriminalbeamten weiter. Der sagt die Versorgung zu.

Wir setzen die Unterredung fort.

Acht Tabletten Rohypnol, ein Schlafmittel, will der Mann eingenommen haben, dafür ist er erstaunlich aufmerksam, obwohl ich einmal Anzeichen von Müdigkeit bei ihm festzustellen glaube.

19:30 Uhr

Das Gespräch nähert sich dem Ende. Der Kriminalbeamte mahnt bei dem Mann die Einhaltung seines Teils des Vertrags an. Die vorgesehenen eineinhalb Stunden sind fast vorüber. Die Polizei hat sich – wie vereinbart – für die Dauer des Gesprächs zurückgehalten, nun ist es Zeit, die Aktion freiwillig zu beenden. Der Mann erhebt keinen Widerspruch, führt kein Argument für ein Hinauszögern an. Wir erörtern die Bedingungen der Aufgabe. Ich bin froh, hier wieder herauszukommen, bin froh, daß diese ganze Geschichte ein so undramatisches Ende finden wird.

Ich fühle mich in meiner Einschätzung bestätigt. Die Verständigung mit dem Kriminalbeamten hat ohne Möglichkeit der Absprache blind funktioniert. Wir haben uns in unserem Bemühen, glaubwürdige Vereinbarungen zu treffen, auf eine schnelle und unspektakuläre Aufgabe hinzuarbeiten, mühelos ergänzt. Und nun haben wir es fast geschafft.

Ich weiß, in welchem Raum er ist, an welchem Schreibtisch er sitzt. Ein Gefühl der Nähe: Ich sehe ihn vor mir, geschafft von der Anstrengung, die Haare stehen ihm zu Berge. Und sein Gesicht strahlt Freude aus. Ich weiß, ich werde ihm heulend vor Freude und Dankbarkeit um den Hals fallen, wenn ich hier draußen bin.

19:35 Uhr

Der Mann stellt keine Bedingungen mehr. Der Vorschlag des Kriminalbeamten klingt überzeugend und bietet keinen Anlaß für Konflikte. Der Mann kann sein Gesicht wahren, sein vorgetragenes Anliegen, ein Gespräch mit mir, hat er durchgesetzt. Es scheint, wir haben alle dasselbe Ziel: entschärfen der Situation durch die Rückkehr in den normalen Alltag. Die Hürde der Aufgabe, des Sichauslieferns, muß für den Mann so niedrig wie möglich und so realistisch wie nötig sein.

Der Mann soll in Begleitung eines Anstaltsbediensteten in seine Zelle zurückkehren können, die Polizeikräfte werden nicht eingreifen und Entscheidungen über weitere Maßnahmen erst am folgenden Tag treffen.

Ich spreche mit dem Kriminalbeamten, lasse mir, auch für den Mann, den Ablauf bestätigen. Wir sind uns einig, nur so kann es gehen.

Die Rückkehr in den Alltag – für den Mann die Rückkehr in seine Zelle – bedeutet Sicherheit, vertrauten Boden unter den Füßen, Sichwappnen für die folgenden polizeilichen Ermittlungen. Der Mann weiß schon, daß er nicht mehr ungeschoren davonkommen kann.

Als vertrauensbildende Maßnahme schlägt der Kriminalbeamte vor, daß der Mann einen Bediensteten seiner Wahl nennt. Einen Bediensteten seines Vertrauens, der ihn hier abholen und zu seinem Haftraum bringen wird.

Der Mann hat in dem Telefonat mit dem Kriminalbeamten eingeräumt, mich nach dem Gespräch gehenzulassen. Die Polizei hat sich an die Absprache des Nichteingreifens gehalten und ihn als Verhandlungspartner ernst genommen. Getreu seiner Devise »Ein Mann, ein Wort« kann er gar nicht zurück.

Es ist nicht mehr die fieberhafte Anspannung vor einem wichtigen Ereignis, von dem man nicht weiß, wie es ausgeht. Die Anspannung klingt bereits aus. Die Situation hat sich kontinuierlich auf diesen Ausgang hin entwickelt, nun ist er in greifbarer Nähe. Die Wahrnehmung ist wieder offen für unerhebliche Randerscheinungen, so registriere ich, daß der Kriminalbeamte unsere Bediensteten als Wärter bezeichnet. »Wichtig ist, daß er erst einmal in seiner Zelle unter Verschluß ist. Ich schlage vor, daß ein Wärter kommt, kein Polizeibeamter, sondern ein Wärter, den er kennt.«

»Wir haben hier keine Wärter, Herr H.«

»Ja, Entschuldigung, das ist richtig.«

»Also, ein Beamter, der für ihn zuständig ist.«

»Ja natürlich, ein Beamter, der für ihn zuständig ist ...«

Ich frage mich, ob die Bezeichnung Beamter eigentlich soviel besser ist. Egal, zumindest hat sie nicht die assoziative Nähe zum Zoo.

19:39 Uhr

Ein Bediensteter seiner Wahl soll den Mann zum Haftraum begleiten. Ihn dort einschließen. Der Garant meiner Freiheit.

Wenn aber die Wahl auf einen Bediensteten fällt, der gar nicht in der Anstalt ist, den die Alarmierung noch nicht erreicht hat? Der Mann könnte dann die Begleitung durch diesen Bediensteten zur Bedingung machen, das kostet Zeit. Eine Zeitverzögerung heißt jedoch unnötige Risiken einzugehen, und hier muß schnell gehandelt, das vorherrschende Einvernehmen genutzt werden.

Ich bitte den Kriminalbeamten um die Liste der inzwischen in der Anstalt eingetroffenen Bediensteten.

Und damit gebe ich das Signal für die Unsäglichkeit der nächsten Runde.

19.43 Uhr

Die Liste soll geholt werden. Es scheint mir unverhältnismäßig lange zu dauern. Ich führe es auf das Durcheinander der besonderen Situation zurück, das da draußen herrschen mag. Ich will mich selbst um die Liste bemühen. Ich will den Mitarbeiter anrufen. Der Kriminalbeamte hält mich zurück. Die Liste sei sozusagen schon unterwegs. Ich verstehe, daß er die Telefonleitung zu mir nicht unterbrechen will. Ich warte ab, werde unruhig. Die Liste kommt nicht. Die Cola wird nicht gebracht. Der Mann fragt nach. Ich spreche mit dem Kriminalbeamten:

»Herr M. wartet auf die Liste mit den Bediensteten.«

»Ja, das ist in Ordnung, die ist schon unterwegs. So werden wir das auch handhaben.«

»Außerdem wartet er auf die Getränke.«

»Ja, Ihre Vertreterin ist wegen der Liste unterwegs. Sie kann jetzt nicht mit den Getränken kommen.«

»Gut, dann erst die Liste und dann die Getränke.«

»Ja, ich meine, die hat doch Vorrang. Und sonst? Geht es Ihnen gut?«

Wieder die Neujahrsfrage, wieder das Ausblenden der im Raum stehenden Dramatik. Wortgeplänkel, wir überbrücken die Wartezeit. Irgend etwas hakt, und wir versichern uns gegenseitig der Normalität. Ich halte mich daran fest. Wir haben einen Weg gefunden, und der Mann ist uns gefolgt. Der Weg ist eben nur etwas länger, als wir uns vorgestellt hatten. Das Gespräch mit dem Kriminalbeamten ist wie lauter Gesang in einem dunklen Keller, in dem man sich fürchtet. Wir übertönen die Bedrohung im Hintergrund. Ich kenne meine Vertreterin, sie wird Himmel und Hölle in Bewegung setzen und gleich mit der Liste erscheinen.

Ich frage nach der Sozialarbeiterin, will wissen, wie es ihr geht. Der Kriminalbeamte hat sie nicht gesehen. Er weiß aber, daß ein Arzt da war. Das klingt gut, dann wird sie den Schrecken bald überstanden haben.

Die Liste kommt nicht.

Ich erkläre dem Kriminalbeamten noch einmal, wer die Liste haben könnte. Draußen nehmen die Unmutsäußerungen ungeduldiger Gefangener zu. Der Kriminalbeamte teilt mir mit, daß er das Gespräch kurz unterbrechen muß. Ich soll den Hörer ruhig hinlegen, er wird laut rufen, wenn er wieder am Apparat ist. Ich bin ganz froh. Er bemüht sich jetzt wohl selbst um die Liste. Dann noch den richtigen Bediensteten finden, und wir sind fertig, können Feierabend machen.

Unmerklich hat sich ein Rollentausch vollzogen. Ich bin keine Gefangene, und der Mann ist kein Herrscher, kein Geiselnehmer mehr. Ich bin wieder die Anstaltsleiterin und habe mit einem Gefangenen ein schwieriges Problem erörtert. Wenn ich mit Gefangenen sprach, geschah es häufig, daß ich bei Bediensteten nachfragte, sie um Informationen bat. So auch jetzt. Noch hat der Mann Vertrauen in den vorgeschlagenen Weg und die Lösung des Problems an mich abgegeben. Die Welt ist wieder in Ordnung.

Die Welt, 28. 2. 1996
Angst vor »schweren Jungs« sei ihr fremd. Wurde ihr diese selbstbewußte Selbsteinschätzung letztlich zum Verhängnis?

Ich behalte den Hörer am Ohr. Ich warte auf die Rückkehr des Kriminalbeamten. Es kann nicht mehr lange dauern. Ich weiß ja, daß eine solche Liste existiert. Nebenbei spreche ich mit dem Mann über die – günstigen – Bedingungen der Aufgabe. Ich biete ihm an, ihn mit dem zu bestimmenden Bediensteten selbst noch bis zur Zelle zu begleiten.

Jetzt höre ich den Kriminalbeamten im Hintergrund. Er schreit auf, laut und vernehmlich: »Mein Gott, was macht der denn, der gefährdet ja das Leben der Geisel.«

Das Leben der Geisel ..., welcher Geisel? Ich spüre Gefahr. Der Gedankenfluß gerät einen kurzen Moment ins Stocken. Wortreihen, die stehenbleiben, ich kann sie nicht mehr erkennen. Ich kann nicht mehr denken. Dann gerät der Fluß wieder in Bewegung, aber viel zu schnell, als müsse er die verlorene Zeit aufholen. Die Wortreihen überschlagen sich, pendeln aus, Ordnung kehrt ein. Der Denkapparat funktioniert wieder.

Wieso ist jetzt das Leben der Geisel in Gefahr? Das ist ja mein Leben! Wer gefährdet es? Der Mann kann nicht gemeint sein, der verhält sich ganz ruhig. Es geht hier um Verträge, wir müssen doch die Verträge einhalten, damit der Mann keinen Vorwand zum Aussteigen hat. Es fehlt doch nur noch der Bedienstete. Wir haben es doch fast geschafft.

Es muß sich um ein Mißverständnis handeln. Der Kriminalbeamte ist wieder am Apparat. Er ist ganz ruhig. Er strahlt Zuversicht aus. Ich kann ihn nicht befragen. Wir setzen das Gespräch fort.

19:50 Uhr

Der Mann beginnt unruhig zu werden. Er hat den Aufschrei nicht gehört. Meinen Äußerungen hat er entnommen, daß die Liste nicht kommt. Auch die Cola nicht. Er wird mißtrauisch. Wenn Vereinbarungen nicht eingehalten werden, ist Gefahr im Anzug. Über uns hören wir das Rattern von Hubschrauberrotoren, er meint, Polizei hinter dem Fenster gesehen, auf dem Dach gehört zu haben.

Ich frage bei dem Beamten nach, will signalisieren, daß er unruhig wird. Mein Gesprächspartner hat verstanden. Nein, unmöglich, das kann keine Polizei sein, sie halten sich an ihre Absprachen, und die Liste wird gleich zur Verfügung stehen.

Der Mann fordert mich auf, das Licht zu löschen. Es brennt nur das Licht einer kleinen Schreibtischlampe. Ich soll den Stecker, der sich ca. anderthalb Meter von mir entfernt unter dem Schreibtisch befindet, herausziehen. Ich weigere mich. Ich warte ab. Er läßt es dabei bewenden. Trotzdem habe ich Angst.

19:53 Uhr

Der Mann nimmt mir den Hörer aus der Hand. Er teilt dem Kriminalbeamten mit, daß er den Kontakt nun durch Auflegen unterbrechen wird, »bis ich weiß, was hier läuft«. Er will aus dem Vertrag aussteigen, meine Befürchtung nimmt Gestalt an. Aber noch wird weiter gesprochen. Ich kann nicht mehr richtig hinhören. Der Mann verändert sich zusehends. Als wechsele er Stück um Stück die Kleidung, wird er erneut zum Geiselnehmer. Er wirkt wieder herablassend, seine Sprache drückt seine Verachtung aus für unsere Spiele. Er richtet sich wieder ein in der Rolle des Tonangebers.

Der Kriminalbeamte kämpft, ich sehe es an der Reaktion des Mannes. Es gelingt ihm zwischendurch, die Fassade des Mannes zu durchbrechen, dann wird ein Stück Verzweiflung sichtbar. Wie beim Fechten, wenn das Aufleuchten der Lampe einen Treffer signalisiert.

Der Mann will den Hörer auflegen: »Es geht mir jetzt erst einmal darum, daß wir so lange Feierabend machen, bis ich weiß, was hier läuft, und ich will hier keine Kalkmützen (Polizei) sehen. Nirgendwo.«

»Und ich möchte nur, daß wir unser Gespräch, das so gut begonnen hat, vernünftig beenden.«

Der Mann wird lauter: »Mein Gott, Sie müssen doch auch meine Situation verstehen.«

Der Kriminalbeamte hat die Liste mit den Bediensteten offenbar tatsächlich nicht vorliegen, er nennt Namen, die er parat hat: »Vielleicht Herr Petermann? Wollen Sie irgendeinen oder einen der für Sie zuständigen Beamten?«

»Das geht doch gar nicht darum, ob das für mich zuständige Beamte sind oder nicht. Es geht doch einzig und allein darum, und das hat die Anstaltsleiterin mir zugesagt, daß das jemand sein muß, dem ich vertraue.«

»Ja, davon bin ich auch ausgegangen ...«

»Und das Problem ist, wenn der nicht im Dienst ist, ist er nicht im Dienst.«

Offenbar hat sich der Mann meine Argumentation zu eigen gemacht. Ich halte mich zurück, weiß auch nicht recht, was ich tun kann. Ich habe das Gefühl, der Kriminalbeamte ficht für mich, und ich kann ihn nur dadurch unterstützen, daß ich ruhig bleibe. Er versucht mit allen ihm zur Verfügung stehenden Mitteln, die Angelegenheit noch zum Abschluß zu bringen, notfalls auch ohne Bedienstetenbegleitung:

»Ich mache Ihnen jetzt einen Vorschlag, Sie lassen Frau Bennefeld-Kersten gehen, und Sie gehen allein zu Ihrer Zelle – ich höre gerade, da kommen Sie gar nicht hinein, das hat also keinen Sinn. Den Vorschlag hätte ich Ihnen gemacht, dann wäre die Situation gelöst, und es wäre vorbei.«

Eins wird mir klar, die Polizei muß irgendein Konzept verfolgen, das ich nicht nachvollziehen kann. Wie auch, die Polizei hat Erfahrungen mit Geiselnahmen, und für mich ist die Situation neu.

20:02 Uhr

Der Mann gewinnt an Boden, jetzt stellt er Forderungen: Fluchtauto, Geld.

Es macht auf mich den Eindruck eines Spiels mit hohem Einsatz, russisches Roulett mit sechs Kugeln im Lauf.

Ich spreche mit dem Kriminalbeamten, nun gibt er

mir die Liste durch. Aber es ist zu spät, der Mann ist nicht mehr an ihr interessiert.

Vielleicht hat er die Situation falsch eingeschätzt, genießt die Rolle des Überlegenen und übersieht die Folgen nicht?

Ich versuche ihm noch einmal das überzeugende Angebot des Kriminalbeamten näherzubringen: »Also Herr M., jetzt hören Sie mir mal zu. Wenn Sie auf diese Schiene mit dem Auto gehen, das ist schlecht für Sie, begreifen Sie das nicht? Die Polizei hat Ihnen folgendes Angebot gemacht: ›Wir kümmern uns heute nicht mehr um dich, wenn du Frau Bennefeld-Kersten ziehen läßt und dich von einem einzigen Bediensteten, der unbewaffnet hierherkommt, in deinen Haftraum schließen läßt, dann ist hier für heute Übungsende.‹«

Nichts mehr zu machen, er besteht auf seinen Forderungen: Fluchtauto und Geld.

Der Kriminalbeamte zieht alle Register. Er will die Forderung umgehen, ohne sie zu bagatellisieren: »Ich habe keine Erfahrung damit, Herr M. Sie haben hier einen Beamten sitzen, der so etwas, was Sie jetzt mit mir machen, zum erstenmal erlebt. Ich muß mich jetzt erst mal schlau machen und sehen, wieweit das überhaupt möglich ist.«

Dann appelliert er an die Vernunft: »Bislang habe ich versucht, mit Ihnen von Mensch zu Mensch zu sprechen und das auf vernünftige Art und Weise zu lösen. Ich bin auch oft genug in eine ausweglose Bredouille geraten, aber wenn man darüber nachdenkt, dann kann man immer sagen: Ein Schritt zurück ist meistens besser als ein Schritt nach vorn.«

Ob der Mann überhaupt zugehört hat? Stur bleibt er auf seinem gefährlichen Gleis: »Ich will die nächsten zwei Stunden hier keine ›Kalkmütze‹ sehen. Ich will hier nichts hören. Und innerhalb der Zeit ist das Auto da.« Er sichert zu, daß in den nächsten zwei Stunden nichts passiert, »wenn hier nicht irgendwelche komische Randale gemacht wird«.

Zwei unendlich lange Stunden noch. Und was kommt dann?

20:09 Uhr

Auch der Mann hat ein Tier. Eine kleine Katze in seinem Haftraum. Ein neues Thema im Gespräch mit dem Kriminalbeamten: »Ich habe übrigens noch ein Problem. Das liegt mir sehr am Herzen. Mehr als alles andere.«

»Da bin ich aber gespannt.«

»Ich habe in meinem Haftraum eine kleine Katze. Wer kümmert sich um die?«

»Ja, das ist nun die Frage, nicht? Das ist die Frage. Da kann ich Ihnen keine Zugeständnisse machen.«

»Ich werde die nächste Zeit nicht dazu kommen.«

»Ja, dann wird das Problem, das Problem Katze meine ich, wahrscheinlich bleiben.«

»Ja, das wird wohl bleiben, ja ...«

Der Augenblick, ihn über sein Tier erreichen zu können, geht vorüber. Der Mann glaubt, Polizeikräfte hinter dem Fenster zu sehen, und sagt das dem Beamten.

»Da ist doch schon wieder einer am Fenster. Das mag ich aber gar nicht.«

»Am Fenster? Am Fenster kann niemand sein.«

»Frau Bennefeld-Kersten versucht auch, mich zu beruhigen. Aber mißtrauisch bin ich trotzdem. Ich will hier niemanden am Fenster.«

»Nein, das habe ich Ihnen doch gesagt. Sie können sich darauf verlassen, Herr M., am Fenster ist niemand. Sie können da absolut sicher sein, absolut. Und ich muß Ihnen allerdings sagen, Herr M., ich habe meine Versprechen bislang immer gehalten. Richtig? Oder können Sie sagen, daß ich Ihnen gegenüber unfair gewesen bin?«

»Ich kann nicht das Gegenteil beweisen, das ist das Problem.«

»Und ich hatte das eigentlich auch von Ihnen erwartet. Das ist eine ganz faire Angelegenheit gewesen. Das Gespräch über eineinhalb Stunden, daran hatte ich geglaubt. Da haben Sie mich jetzt enttäuscht. Weil ich geglaubt habe, das ist ein Mann, mit dem du reden kannst, du kannst ihm glauben. Und ich mache Ihnen noch einmal das Angebot: Mensch, Herr M., gehen Sie in Ihre Zelle. Lassen Sie Frau Bennefeld-Kersten frei.«

Ein kurzer Hoffnungsschimmer. Der Mann ist beeindruckt, seine Ehre ist gefragt. Doch schon entzieht er sich dem Einfluß. Schüttelt ihn ab. Verfällt wieder in sein provozierendes Vokabular.

»Ich gebe Ihnen bis elf Uhr Zeit. Dann Auto und Kohle, okay? Solange ist alles in Ordnung, ist alles latscho. Ich fürchte, dann wird mich meine Anstaltsleiterin doch ein paar Meter begleiten müssen. Ob sie möchte oder nicht, ich glaube, danach werde ich sie nicht fragen.«

Der Kriminalbeamte sagt zu, sich um das Fahrzeug und das Geld zu bemühen. Er kann nichts mehr für mich tun. Doch, er unternimmt noch einen letzten Versuch: Er fordert den Mann auf, den Hörer wieder neben den Apparat zu legen.

»Nein, das werde ich nicht tun. Wir werden solange den Kontakt abbrechen.«

»Aber wieso denn das? Das ist doch ...«

»Wir werden solange den Kontakt abbrechen, und damit hat sich das. Melden Sie sich wieder, wenn das Ding da ist. Aus die Maus.«

Noch ein kurzer Wortwechsel, dann legt der Mann den Hörer auf die Gabel.

Cellesche Zeitung, 27. 2. 1996
Konkrete Forderungen, so Polizeisprecher J. L. in Celle, habe der Geiselnehmer nicht gestellt. Er gelte als sehr gefährlich ... Die Kontaktaufnahme zu dem Geiselnehmer gestaltete sich nach Polizeiangaben gestern sehr schwierig. »Der Mann ist nicht zugänglich«, so L.

Hannoversche Allgemeine Zeitung, 28. 2. 1996
Plötzlich wollte er flüchten. Die Polizei hatte Schwierigkeiten, sich auf die neue Situation einzustellen, denn zwischenzeitlich hatte sie von der freigelassenen Sozialarbeiterin in groben Zügen erfahren, was sich in ihrem Dienstzimmer ereignet hatte. »Zu diesem Zeitpunkt kannten wir die Vorgeschichte des Mannes«, sagt der Celler Polizeichef, »wir wußten auch, wie unberechenbar M. ist.« Mal ließ dieser durch die verrammelte Tür mit sich reden, mal zeigte

er sich verschlossen ... Die Anstaltsleiterin, eine Psychologin, glaubte, sie könne den Gefangenen zur Aufgabe überreden. Doch dieser Versuch schlug fehl.

20:15 Uhr

Ende der Aussicht auf Freiheit. Ende der beschützenden Nähe des Kriminalbeamten. Der Mann fühlt sich aus der Pflicht zur Wohlanständigkeit entlassen. Mein Mut sinkt.

Einen langen Moment ist es ganz still in dem Raum. Kräftesammeln, Neuorientierung sind angesagt.

Der Mann steht vor mir. Er hat das Messer und eine Rolle Tesafilm in der Hand. Auch der Besitz von Tesafilm ist für Gefangene verboten. »Jetzt werden hier andere Saiten aufgezogen.« Er fordert mich auf, die Jacke auszuziehen und dann das Jackett.

Ich verhalte mich ruhig, äußere mich nicht und komme seiner Aufforderung nach. Ich möchte ihm nicht die Möglichkeit geben, seiner Herrscherrolle noch schärfere Konturen zu verleihen.

Bestimmt war doch die Polizei am Fenster. Sie wird schon vor der Tür stehen. Sie weiß ja, daß mein Leben in Gefahr ist. Sie kennt seine Akte, sie kennt sein Delikt. Sie wollte sich nur nicht auf den Bediensteten verlassen. Ihr Konzept wird das des Zugriffs sein.

Der Mann bindet mir die Hände hinter dem Rücken zusammen, wortlos. Er schneidet das schwarze Stück Stoff, das auf dem Fußboden liegt, in zwei Hälften, knebelt mich mit der einen und befestigt den Knebel mit der anderen Hälfte am Hinterkopf. Die Angst steigt hoch. Sie droht mich zu überschwemmen. Die Sauerstoffzufuhr wird knapp. Ich kann nur noch durch die Nase atmen. Gut, daß ich nicht erkältet bin. Ich darf die Angst nicht zeigen. Er darf keine Macht über mich haben. Dann habe ich verloren. Dann wird er mich quälen.

Ich muß ruhig bleiben. Ich darf ihn nicht aus den Augen lassen. Wenn ich schon nicht mehr reden kann, muß er wissen, daß ich ihn beobachte. Daß ich alles, was er macht, sehe.

Es ist jetzt still im Raum. Ich warte auf das Läuten des Telefons. Auf die Stimme des Kriminalbeamten. Er wird mit mir sprechen wollen. Ich kann nicht mit ihm sprechen, ich bin geknebelt. Der Mann wird eine Ausrede erfinden müssen, aber der Kriminalbeamte wird die Gefahr erkennen, erkennen, in welcher Situation ich mich befinde. Er wird eingreifen und mich hier herausholen. Kein Grund zur Panik.

Das Telefon bleibt stumm.

Die Möglichkeit der gefahrlosen Beendigung der Geiselnahme gibt es nicht mehr. Berichte aus den Medien fallen mir ein. Geiseln, die getötet wurden, durch den Geiselnehmer oder auch – versehentlich – durch die Polizei. Geiseln, die gerettet, und Geiselnehmer, die getötet wurden. Versucht er, mit mir zu fliehen, wird geschossen, das steht für mich fest.

Dem Mann scheinen ähnliche Gedanken durch den Kopf zu gehen, er beginnt wieder zu reden.

Er wiederholt die Aussichtslosigkeit einer Aufgabe, als müsse er sich selbst von der Richtigkeit seiner Einschätzung überzeugen. Er könne doch gar nicht mehr zurück, die Polizei lasse ihn nicht gehen, sie werde ihn erschießen. Er hat nur noch eine Perspektive, und die ist die Flucht. Aber der Möglichkeit, dadurch zu entkommen, räumt er wenig Chancen ein. Die Verzweiflung wirkt ansteckend.

Er löscht jetzt selbst das Licht. Draußen ist es dunkel, aber der Schein der Außenleuchte reicht aus, um sich in dem Raum zurechtzufinden.

20:30 Uhr

Das Telefon läutet. Ich bin erleichtert. Jetzt wird der Kriminalbeamte nach mir verlangen, wird den Mann stören, ihn ablenken. Er wird erkennen, daß die Lage ernst geworden ist.

Der Mann nimmt den Hörer ab. Es ist niemand am Apparat. Er legt auf und wählt selbst an. Der Kriminalbeamte meldet sich. Er teilt ihm mit, daß ein Kollege die Gesprächsführung übernommen hat und gibt ihm die neue Telefonnummer. Der Mann legt den Hörer auf.

Ein Wechsel der Gesprächspartner hat stattgefunden. Das wird bedeuten, daß auch die Polizei »andere Saiten aufzieht«. Der Mann scheint sich jetzt sicher zu sein, daß er die Anstalt nicht lebend verlassen wird. Aber zuvor wird er noch klarstellen, daß die Geiselnahme keine leere Drohung war. Er wird mich umbringen. Die Verzweiflung aus Angst und Ratlosigkeit wird zur aggressiven Strategie. Daß er sich selbst in diese Situation gebracht hat, liegt weit zurück. So weit, daß nun die anderen, die Polizei, für sein Handeln Verantwortung tragen. Er droht, mich umzubringen. Er gibt sich jetzt ganz cool. Er habe schon einmal eine Frau umgebracht. Mir werde er die Kehle durchschneiden. Ich erinnere seine Straftat sehr genau. Ich darf nicht den Blick von ihm wenden, nicht in Panik geraten. Und ich werde ihn nicht um mein Leben bitten.

Er beginnt, mich zu entkleiden. Meine Hoffnung, dieses Ereignis unbeschadet zu überstehen, löst sich auf. Ich rechne nicht mehr mit einem Zugriff der Polizei. Glaube nicht mehr an ihre Hilfe. Ein Gefühl von Trauer, aber auch von Stärke und Unerbittlichkeit. Ich bin allein auf mich angewiesen.

Jetzt, da ich sie nicht mehr einsetzen kann, wird mir deutlich, wie wichtig die Sprache für die Verständigung ist. Stumm und relativ ratlos sitze ich vor dem Schrank und beobachte den Mann. Irgendeine Reaktion muß er erwartet haben, er steht vor mir: »Sie haben wohl überhaupt keine Angst?«

Wie soll ich ihm darauf antworten? Aber ich bin froh, daß er das so sagt, bin ich doch solange für ihn noch ein ernstzunehmender Gegenspieler.

Der Mann geht zurück und setzt sich wieder an die Wand. Er redet, ich sehe ihn an, aber ich höre kaum zu. Er kann ohnehin keine Äußerung von mir erwarten.

20:55 Uhr

Wir befinden uns jetzt seit drei Stunden in diesem Büro. Der Mann ruft die neue Telefonnummer an, spricht mit der Polizei. Es geht um die Getränke, jemand soll die Getränke bringen. Kein Versuch des

Gesprächspartners, mit mir zu sprechen. Der Mann legt wieder auf, scheint nun auch etwas ratlos, sich über die weitere Strategie unsicher zu sein.

Die anderen Gefangenen sind wieder unruhig, es dauert ihnen wohl alles zu lange. Rufe und Klopfgeräusche werden laut.

21:10 Uhr

Der Mann telefoniert erneut, fordert Ruhe in der Anstalt ein. Er will bis 23:00 Uhr Ruhe haben, dann sollen Fluchtauto und Geld bereitstehen. Er hat seine Anweisungen gegeben und legt den Hörer wieder auf.

Ich soll mich hinlegen. Ich rühre mich nicht, lasse ihn nicht aus den Augen. Er tritt hinter mich und zieht mich von dem Schrank zur Wand. Er drückt mir mit einem Arm den Kehlkopf zu, ich bekomme keine Luft. Ich kann ihn nicht abwehren, die Fesseln geben nicht nach. Ich sehe Sterne, kleine blitzende Sterne. Er lockert den Griff, und ich spüre die Klinge des Messers am Hals. Ich hoffe, daß es schnell geht. Mit durchschnittener Kehle wird die Blutzufuhr zum Gehirn rasch unterbrochen.

Mein Blick fällt auf den blauen Teppichboden. Meine Gedanken haken sich darin fest. Sie beschäftigen sich intensiv mit der Frage, wer diesen Teppichboden wohl bezahlt haben mochte. Ich weiß, daß einige Mitarbeiter wegen der knappen finanziellen Mittel für die Ausstattung von Dienstzimmern ihren Teppichboden selbst bezahlt haben. Bevor ich eine Antwort auf diese offenbar so wichtige Frage finde, zieht der Mann die Hand mit dem Messer zurück.

Er wird in seinem Vorhaben nicht gestört. Vor einer Stunde hat der Mann das Gespräch unterbrochen, seitdem hat die Polizei von sich aus keinen Kontakt mehr aufgenommen. Und jetzt hat sie offenbar seine Forderung, bis 23:00 Uhr Ruhe zu halten, akzeptiert. Ich überlege, ob sie überhaupt registriert hat, daß das Licht gelöscht wurde.

Celler Kurier, 28. 2. 1996
Nach Angaben der Polizei wurde während der Geiselnahme durch den Einsatzstab das Höchstmaß der Gefährlichkeit des Täters und die daraus resultierende erhebliche Gefahr für Leib und Leben der Geiseln in die zu treffenden Maßnahmen einbezogen.

Er sagt nicht viel. Wenn er mich anspricht, gebraucht er immer noch das förmliche Sie. Er spricht über Frauen, die in dieser Art Einrichtung arbeiten. Fast bedauernd stellt er fest, daß ich niemals hätte zulassen dürfen, daß Frauen hier tätig sind.

Während der Vergewaltigung geht mir auf, daß dieser Akt sein Todesurteil sein wird. Er weiß das auch. Er wird es darauf anlegen, erschossen zu werden, oder den Rest seines Lebens hinter Mauern verbringen. Wir beide wissen, daß er spätestens jetzt nichts mehr zu verlieren hat.

Aber auch mein Konto ist nicht mehr auszugleichen. Es gibt nur zwei Möglichkeiten einer Negativbilanz: Entweder macht er seine Drohung wahr und bringt mich um, oder ich überlebe als eine von einem

Gefangenen vergewaltigte Anstaltsleiterin. Mein erster Impuls ist, die Vergewaltigung einfach nicht mitzuteilen – wenn ich noch etwas mitteilen kann. Der Mann würde die Unterschlagung schnell erkennen und von sich aus keine Aussage machen. Der Gedanke ist durchaus verlockend. Aber ich weiß, daß ich damit auch nicht leben kann. Und ich will mit diesem Mann keinen stillen Vertrag machen.

Ich habe mich für das authentische Überleben entschieden und beschäftige mich gedanklich mit anderen Dingen. Zum Beispiel mit der Frage, wie das Haus meiner Großeltern eingerichtet war. Wie sich die Türklinken anfühlten, wo welche Möbel standen. Ein Gedankenspiel, in dem ich durchaus geübt bin, das ich gern einsetze, wenn ich nicht einschlafen kann. Es hatte immer eine beruhigende Wirkung. So auch jetzt, ich habe mich wieder gefangen.

Ich weiß, daß es für mein Überleben entscheidend sein wird, wie ich mich jetzt verhalte, was ich ihm sagen werde. Aber der Knebel verhindert die Verständigung.

Der Mann sitzt auf dem Fußboden. Ich habe mich an der Wand so weit hochschieben können, daß ich ihm gegenübersitze. Er raucht. Rauchen ist eine gute Idee. Ich bedeute ihm mit Blick auf die Zigaretten, daß ich rauchen möchte.

Er zögert. Ich begegne seinem Blick. Er steht auf, schneidet mit dem Messer meine Handfesseln durch. Die Arme schmerzen, als ich sie nach vorn bewege und die Befestigung des Knebels löse. Es ist der erste Schritt zur Befreiung. Ich kann ungehindert atmen, mich bewegen, und vor allem kann ich reden. Nur, ich weiß nicht, was ich sagen soll. Ich habe das sichere Gefühl, daß die nächsten Minuten für den weiteren Verlauf entscheidend sind, und mir fällt nichts ein. Ich ziehe mich bis auf die Schuhe an, setze mich wieder an die Wand und rauche. Ich brauche Zeit.

Plötzlich sagt der Mann: »Wissen Sie, hinterher tut es mir immer leid.«

Ich bin überrascht, unsicher, ob nicht noch eine weitere Drohung folgt. Er sagt aber nichts mehr. Erst vorsichtig, dann ganz mutig steige ich in das Gespräch ein. Ungeplant spreche ich über Vertrauen und Mißtrauen in der Beziehung zu anderen Menschen, seine Bemerkung hat mich dazu veranlaßt. Ich sage ihm, daß er bis heute nicht gelernt hat, sich auf seine Mitmenschen angemessen einzulassen, ihnen Vertrauen entgegenzubringen und zu überprüfen, ob das Vertrauen gerechtfertigt war. Ich sage ihm, daß er nur zwei Möglichkeiten kennt: blindes Vertrauen und ebenso blindes Mißtrauen. Die permanente Enttäuschung und Verunsicherung ist damit vorprogrammiert. Ein Problem, das sich nach meiner Kenntnis durch seine ganze Lebensgeschichte zieht.

Der Mann läßt mich reden, äußert sich nicht, manchmal blickt er mich wie ein aufmerksamer Zuhörer an, dann habe ich wieder den Eindruck, daß er abgeschaltet hat.

Kann sein, daß seine Angst, von der Polizei erschossen zu werden, jetzt konkret wird. Ich sage ihm, daß es auch vor dem Hintergrund der Ereignisse immer noch besser sei, aufzugeben. Versichere ihm, daß niemand schießen wird, wenn er aufgibt und ich neben ihm stehe. Verspreche, in seiner unmittelbaren Nähe zu bleiben, solange Gefahr besteht, daß aus Unkenntnis der Situation geschossen werden könnte.

Er rührt sich nicht.

Ich erinnere ihn daran, daß ich meine Zusage, keine Tricks anzuwenden, eingehalten habe.

Er stimmt weder zu, noch lehnt er ab.

Ich habe den Eindruck, daß er zwischen Aufgeben und Durchstarten schwankt. Ich weiß, daß die Entscheidung jetzt getroffen werden muß. Daß es keine weitere Zeitverzögerung geben darf. Ich lege ihm die Hand auf den Arm und sage: »Komm, wir gehen jetzt raus.« Keine Reaktion. Ich setze nach: »Ich rufe jetzt die Polizei an und sage, daß Sie aufgeben.«

Er bleibt stumm.

22:00 Uhr

Ich greife zum Telefon, teile mit, daß der Mann aufgibt, daß ich ihn in seine Zelle bringen werde. Ich lege auf. Was nun?

Der Mann zeigt immer noch keine Reaktion. Er sitzt unbeweglich da und sagt nichts. Ich stehe auf und wende mich zur Tür. Dem Himmel sei Dank, auch der Mann steht auf.

Auf dem Weg zur Tür gibt er mir das Messer.

Mein Geiseldasein ist beendet. Ich bin wieder die Anstaltsleiterin und verlasse mit einem Gefangenen das Büro. Ich schließe die Tür auf. Und wie ich es im Gefängnis immer mache – machen muß, weil ich den Schlüssel habe – öffne ich die Tür und lasse den

Gefangenen vorangehen. Er geht hinaus. Ich schließe die Tür und folge ihm.

Linker Hand befindet sich die Glastür. Sie trennt den Bereich der Büros und der Stationen für Untersuchungsgefangene und Sicherungsverwahrte vom Hauptflur. Sie ist verschlossen. Wir befinden uns in einem Käfig mit rundum geschlossenen Türen: die Glastür, die Gittertüren, die auf die Stationen führen. Ohne Schlüssel geht hier nichts. Rechts von der Bürotür befindet sich ein Fenster, das nach draußen führt. Wir stehen im Licht, hinter dem Fenster ist es dunkel. Ich kann nicht erkennen, ob wir von dort aus beobachtet werden. Ich hebe die Hand mit dem Messer – für alle Fälle.

Alles bleibt still, niemand ist zu sehen.

Wir gehen zur Glastür, wenden uns dann nach rechts zur Station der Sicherungsverwahrten. Dort, noch durch die Gittertür von uns getrennt, steht das Sondereinsatzkommando der Polizei. Wir bleiben stehen. Jetzt habe ich es geschafft. Nur noch die Übergabe und ich kann gehen.

Die Männer jenseits der Gittertür stehen still, schauen uns an, niemand sagt etwas. Sind sie noch nicht informiert? Ich muß es ihnen mitteilen: »Es ist vorbei. Er hat aufgegeben.« Jetzt kommt Bewegung in die Gruppe.

Ich will die Gittertür aufschließen, hantiere mit meinem Anstaltsschlüssel. Der Schließmechanismus bewegt sich nicht. Die Tür geht nicht auf.

Einer der Männer schickt sich an, die Tür von innen zu öffnen. Mehrmals versucht er, den Schlüssel im Schloß zu drehen. Die Tür bleibt verschlossen.

Ich kann es nicht fassen.

Dort stehen, unerreichbar, meine schwerbewaffneten Retter und kommen nicht an mich und den Mann heran.

Auf beiden Seiten herrscht Sprachlosigkeit und Bestürzung. Ein Mann bittet mich, das Messer durch die Gitter zu reichen. Der Täter steht wie erstarrt neben mir. Jemand fordert ihn auf, seine Hände durch die Gitterstäbe zu reichen. Er gehorcht. Der Mann auf der anderen Seite legt ihm Handschellen an. Der Täter ist an die Gitterstäbe seiner Station gefesselt. Sein Gesicht ist bleich.

Ich bin ganz benommen. Hier läuft alles an der Realität vorbei. Hier läuft ein Film ab. Ein Film nach einem miserablen Drehbuch. Aber kein Autor hätte sein Werk mit einer solchen Szene beendet. Nur die Realität kann so gemein sein.

Ich gehe fort – auf Strümpfen. Öffne die Glastür, gehe den Weg zur Innenpforte, den Weg, der nach draußen führt.

Cellesche Zeitung, 27. 2. 1996

Vier Stunden lang hielt gestern abend der 37jährige Schwerverbrecher H. M. in der Justizvollzugsanstalt Celle II eine Geisel in seiner Gewalt. Dann beendete der Zugriff von Polizeibeamten um 22:02 die Geiselnahme in der 16 Kilometer vor Celle gelegenen Haftanstalt ... Sondereinsatzkommandos und eine psychologisch geschulte Verhandlungsgruppe versuchten, den Gefangenen zur Aufgabe zu bewegen.

In Gesprächen mit Polizisten erfahren wir, daß der

Geiselnehmer zwischendurch aufgeben wollte, sich aber im letzten Moment noch anders entschied. Die meisten Polizisten gehen davon aus, daß die Geiselnahme nicht mehr lange dauern wird. »Der kommt hier nicht raus. Das SEK wird da reinmarschieren und ihn überwältigen«, glaubt einer.

Hannoversche Allgemeine Zeitung, 27. 2. 1996
Ein Sondereinsatzkommando der Polizei hat am späten Montag abend einen Geiselnehmer überwältigt, der in der Celler Haftanstalt Salinenmoor vier Stunden lang die Anstaltsleiterin festgehalten hatte.

POLIZEI ÜBERWÄLTIGT CELLER GEISELGANGSTER
Kurz nach 22 Uhr gelang es der Polizei, den Täter zu überwältigen und die Anstaltsleiterin zu befreien.

dpa, 27. 2. 1996
Nach rund vier Stunden Nervenkrieg hat ein Sondereinsatzkommando der Polizei am Montag abend ein Geiseldrama im Hochsicherheitsgefängnis Salinenmoor bei Celle unblutig beendet. Die Spezialisten überwältigten den als äußerst gefährlich geltenden H. M., der wegen Vergewaltigung einsaß.

ARD, 27. 2. 1996
Die gute Nachricht vielleicht zuerst: Das Sondereinsatzkommando der Polizei hat den Geiselnehmer überwältigt. Sie haben zugegriffen und haben den Mann festgenommen.

SAT 1, 27. 2. 1996
Was sich gestern nacht in der JVA Salinenmoor abspielte, zeichnet sich immer mehr als Amoklauf des 37jährigen Mörders und Triebtäters H. M. ab. Er brachte gestern abend gegen 19 Uhr eine Sozialarbeiterin mit einem geschliffenen Messer in seine Gewalt und vergewaltigte sie. Auf eigenen Wunsch bot sich dann die Leiterin der Anstalt als Geisel im Austausch gegen die Sozialarbeiterin an. Sie nahm ihre Vergewaltigung in Kauf. Erst nach der zweiten Vergewaltigung stellte der Geiselnehmer Forderungen: 200.000 DM Lösegeld und ein Fluchtfahrzeug. Gegen 22 Uhr ergab sich H. M. dann der Polizei. Psychologen bemühten sich sofort um die Opfer.

Hannoversche Allgemeine Zeitung, 28. 2. 1996
Um so überraschter waren die Einsatzkräfte, als ihnen M. um 22:02 Uhr entgegentrat und sich widerstandslos festnehmen ließ.

Neue Presse, 28. 2. 1996
Am Montag um 22:02 Uhr hatte sich der 37jährige Sextäter anrückenden SEK-Beamten ergeben.

Hamburger Abendblatt, 28. 2. 1996
Viereinhalb Stunden hielt ein Häftling zunächst eine Sozialarbeiterin und dann die Anstaltsleiterin in seiner Gewalt. Am Abend überwältigte ein Sondereinsatzkommando der Polizei den Verbrecher.

Celler Kurier, 28. 2. 1996
Um 22:02 Uhr gab der Täter, für die Polizei überra-

schend, auf. Es wird vermutet, daß die Polizeipräsenz, die auch in der JVA Salinenmoor vor M. nicht verborgen bleiben konnte, zu diesem Entschluß des Geiselnehmers führte. Die Polizei nahm ihn daraufhin fest.

Frankfurter Allgemeine Zeitung, 28. 2. 1996
Mit einem beidseitig geschärften Besteckmesser hatte M. am Montag abend zunächst die 40 Jahre alte Sozialarbeiterin in ihrem Dienstzimmer in seine Gewalt gebracht und sich sexuell an ihr vergangen. Anschließend fesselte und knebelte er die 48 Jahre alte Anstaltsleiterin Bennefeld-Kersten, die sich als Austauschgeisel angeboten hatte, und vergewaltigte sie ebenfalls. Nachdem er im Lauf des Abends einen Fluchtwagen und 200.000 Mark Lösegeld gefordert hatte, gab der Geiselnehmer vier Stunden nach dem Überfall sein Fluchtvorhaben auf und ließ sich von einem Sondereinsatzkommando der Polizei festnehmen .

Frankfurter Rundschau, 28. 2. 1996
In der Justizvollzugsanstalt Salinenmoor in Celle hat ein Häftling am Montag abend eine Sozialarbeiterin und die Anstaltsleiterin vergewaltigt. Ein Sondereinsatzkommando überwältigte den 37jährigen nach viereinhalb Stunden.

Die Welt, 28. 2. 1996
Ein Sondereinsatzkommando der Polizei beendete die Geiselnahme nach rund vier Stunden ohne Blutvergießen.

Frankfurter Rundschau, 29. 2. 1996
Nach der Vergewaltigung gelang es Bennefeld-Kersten, wieder ein Gespräch anzufangen – mit dem Erfolg, daß er ihr schließlich das Messer aushändigte.

Hannoversche Allgemeine Zeitung, 29. 2. 1996
Diese Gegner der Knastchefin werden möglicherweise mit einem gewissen Hohngefühl lesen, wie sie ihr Verhalten rechtfertigt. »Meine Strategie war, M. durch sicheres Auftreten von einer freiwilligen Aufgabe zu überzeugen«, heißt es da. Das Ergebnis ist bekannt: »Er wurde immer aggressiver und drohte, mich umzubringen.«

SAT 1, 29. 2. 1996
(In der Anmoderation ist von »Schlamperei« die Rede)
Gegen 22:00 Uhr gab er plötzlich auf, Beamte des Sondereinsatzkommandos nahmen ihn fest. »Wir hatten natürlich Erkenntnisse aus seinem Vorleben, mit welcher Gefährdung eigentlich hier zu rechnen war« (P., Leiter der Polizei Celle).

Neue Presse, 29. 2. 1996
Dennoch habe die Frau ihn überzeugen können aufzugeben. Er habe ihr sein Messer gegeben, mit ihr den Raum verlassen (Sprecher des Justizministeriums). Die Polizei hatte erklärt, M. sei allein aus dem Zimmer gekommen, als sich SEK-Beamte genähert hätten.

die tageszeitung, 4. 3. 1996
Und dennoch konnte sie nach vier Stunden den Geiselnehmer zur Aufgabe bewegen: Er händigte ihr das Messer aus, bevor sie ihn den Beamten eines Sondereinsatzkommandos übergab. Öffentlichkeit und Polizei haben ihr allerdings diesen couragierten Einsatz wenig gedankt … Da hätte die Polizei bis hinauf zum Innenstaatssekretär die Geiselnahme wohl lieber durch die Waffen des Sondereinsatzkommandos zu Ende gebracht.

Die Zeit danach

Begegnungen

Es war vorbei, aber nicht beendet. Auch stellte sich nicht die große Erleichterung ein.

Als ich das Büro als freier Mensch verließ, war ich noch recht gut beieinander. Die nicht zu öffnende Gittertür war das I-Tüpfelchen, das mich aus der Bahn zu werfen drohte. Ich kam mir vor, als säße ich in einem Fahrzeug, dessen Anhänger ins Schlingern geraten ist. Ich mußte meine ganze Kraft und Konzentration darauf verwenden, die Spur zu halten.

Die Begegnungen auf meinem Weg zur Innenpforte kann ich nur bruchstückhaft erinnern. Im Gedächtnis bleiben Momentaufnahmen von Gesichtern. Ich sehe die Menschen in meiner Erinnerung nicht kommen und nicht gehen. Wie Luftblasen steigen sie auf, zeigen sich und sind weg. Ich weiß nicht, was sie zu dem, was ich ihnen mitteilte, gesagt haben, ob sie überhaupt zu mir gesprochen haben.

Der Kriminalbeamte, mit dem ich zuletzt telefonierte, war plötzlich da. Er war ganz gelassen, musterte mich mit einem aufmerksamen, fragenden Blick. Meine Gefühle gingen ihn nichts an, ich mußte ihm nur sagen, was passiert war. Ich teilte ihm mit, daß ich vergewaltigt worden war.

Meine Vertreterin mit einer Mitarbeiterin, deren Anwesenheit mich überraschte. Ich wußte, daß sie schwanger war, ein guter Grund, sich einer solchen Aktion nicht auszusetzen. Ihre Gesichter waren mir bekannt und fremd. Sie erinnerten mich an die

Gesichter von Sportlern, deren Anspannung sich nach einem erfolgreichen Wettkampf auflöst, in der Freude über ihren Sieg und dem Bemühen, die Fassung zu behalten. Später erfuhr ich, daß sie die Befestigung des Knebels, die ich heruntergeschoben hatte und nun wie ein Halsband trug, sogleich als Hinweis auf eine bedrohliche Situation identifiziert hatten.

Erst jetzt ging mir auf, daß es auch eine Geiselnahme jenseits der verschlossenen Bürotür gegeben hatte. Daß sie und viele der anderen Bediensteten dort Stunden hilflos im ungewissen gewartet hatten. Das Mitgelittenhaben, das sie ausstrahlten, mobilisierte bei mir Energien der Stärke. Die Gefahr, wir würden uns auf dem Gang schluchzend in die Arme fallen, ging vorüber. Ich wollte nur noch deutlich machen, daß alles überstanden und ich in Ordnung war.

Das nächste Bild ist die Wahrnehmung von zwei Männern, die vor der Zentrale standen und auch dort stehenblieben, als ich näher kam. Sie gehören auch zur Justiz, aber nicht zur Anstalt, und ich wußte, daß sie meinetwegen gekommen waren, wir sind befreundet. Einen von ihnen erkannte ich an der Haltung, die er üblicherweise in Phasen der Konzentration und Nachdenklichkeit einnimmt. Ein Arm abgewinkelt quer vor der Brust, den anderen Arm abstützend, der gekrümmte Zeigefinger liegt auf den Lippen. Der andere Mann stand ihm halb zugewandt, als hätte er in der Drehung innegehalten, als sie meiner gewahr wurden. Er hatte die Hände in den Taschen seines grauen Mantels vergraben.

Sie standen dort wie zwei Besucher, die darauf

gewartet hatten, daß ich sie abhole, und so ähnlich war es ja auch. Es war aber keine verhaltene Neugier, die einen normalen Besucher dieser Einrichtung umgibt, wenn er auf die Abholung wartet. Es war ein Gemenge aus nachlassender Anspannung, Erleichterung und Furcht vor dem Ungewissen.

Sie mußten dort schon länger gestanden haben, und ich hatte das Gefühl, sie waren bei mir, als ich in Gefahr war. Das war neu. Nachdem der Kontakt zur Polizei unterbrochen worden war, hatte ich kein Gespür mehr für Menschen, die sich Sorgen um mich machten. Ich hatte nur noch meinem Schutzengel vertraut und gehofft, daß wenigstens der mir die Stange hält.

Jetzt durfte ich nicht rührselig werden, ich hatte die erste Klippe geschafft, diese würde ich auch überwinden. Sarkasmus hilft in solchen Situationen: »Wie steht ihr denn hier rum, habt ihr nichts zu tun?« Kaum ausgesprochen, wußte ich, daß meine Bemerkung total daneben war. Ich erntete ein müdes Lächeln und wußte, es war nicht so schlimm. Sie hatten mich verstanden, sie wußten, daß diese Schnodderigkeit nötig war, um auf den Beinen zu bleiben. Wahrscheinlich hatten sie von mir gar nichts anderes erwartet, es war für sie das Signal, daß ich, egal was passiert sein mochte, schon durchkomme.

Weitere Gesichter von Mitarbeitern, einige streiften mich nur mit einem vorsichtigen Blick. Die Anspannung in den Gesichtern ließ nach, aber Erleichterung war noch nicht angebracht. Es war eine Art der ehrlichen Anteilnahme, die mich anrührte. Ich spürte eine Woge der Dankbarkeit. Dankbarkeit für mein neues Leben und für die Zuneigung, die sie mir mit ihrer Sorge um mich entgegenbrachten.

Der Anstaltsarzt hatte mich irgendwie eingesammelt. Ich saß mit ihm in der Krankenabteilung, berichtete kurz, was sich ereignet hatte. Er ist Arzt, die Rolle hilft, sie gewährt ein wenig Distanz. Ich mochte seine Art, sich um mein Wohlergehen zu sorgen. Ich mochte aber die Patientenrolle nicht, die Spritze oder andere Medikamente lehnte ich ab. Schließlich hatte ich aus eigener Kraft überlebt, worüber sollte ich mich jetzt noch beunruhigen?

Wir sprachen über die Sozialarbeiterin, erst jetzt erfuhr ich einen Teil der Vorgeschichte und konnte mir vorstellen, warum die Erleichterung über den Ausgang der Geiselnahme so verhalten war. Und ich war noch überzeugter davon, mit dem Austausch die richtige Entscheidung getroffen zu haben.

Der Arzt wollte mich zur Untersuchung ins Krankenhaus begleiten, ich lehnte ab, war ihm schon dankbar für das Angebot, brauchte jetzt aber keinen Beschützer mehr. Ich wußte, er war ein noch junger Vater und hatte schon seit Stunden in der Anstalt gewartet. Ich wollte die Menschen, die meinetwegen hiergeblieben waren, aus der Fürsorge für mich entlassen.

Der »Anhänger meines Fahrzeugs« schlingerte in langen Bahnen aus, aber noch mußte ich aufpassen. Noch könnte ich schnell wieder ins Schleudern geraten.

Eigentlich hatte ich vor, mit meinem Wagen zur Untersuchung ins Krankenhaus zu fahren. Im Innenhof stand ein großer Krankenwagen mit Besatzung, vorsichtshalber angefordert. Durch die teilweise blinden Scheiben bot er besseren Schutz vor Journalisten und Kameras. Vor der Anstalt würde man mich schon erwarten. Ich entschied mich für dieses Fahrzeug.

Mir fiel auf, daß ich jetzt meine Schuhe anhatte. Bis heute weiß ich nicht, wer sie mir gebracht hatte und wie sie an meine Füße gekommen sind.

Der Weg nach Hause

Der Wagen fuhr durch das große Tor, durch die Absperrungen der Polizei, die wartenden Vertreter der Medien. Durch die Scheibe sah ich die Blitzlichter. Mir schräg gegenüber auf dem Klappsitz saß ein Krankenpfleger. Er fragte die technischen Daten ab und notierte sie ungerührt auf seinem Block, ein Stück Normalität des Alltags.

Im Krankenhaus traf ich wieder auf den Anstaltsarzt, es war doch beruhigend, ein vertrautes Gesicht zu sehen. Wir warteten in einem kleinen Untersuchungszimmer. Jemand hatte mir gesagt, daß mein Mann mit dem Leiter der Polizei auf dem Weg ins Krankenhaus sei. Ich hatte nicht damit gerechnet, daß mein Mann unterrichtet war. Ich wußte, daß er einen auswärtigen Termin wahrnehmen mußte, und hatte die Schnelligkeit der Medien unterschätzt.

Die Tür öffnete sich, die beiden betraten den Raum, mein Mann kam auf mich zu. Sein Gesicht schien nur aus großen hellen Augen zu bestehen. Er hatte mitgelitten, mich mit seinen Gedanken begleitet und mich doch nicht schützen können. Der Boden geriet ins Wanken. Wieder mußte ich mit einem Spruch Distanz schaffen. Er nahm mich in den Arm. Es war alles in Ordnung.

Ich ging ins Untersuchungszimmer, der diensthabende Arzt schien mir ratlos. Mir kamen Zweifel, ob er über die Ereignisse informiert war. Ich sagte ihm, daß ich gefesselt, geknebelt und vergewaltigt worden war. Er machte sich an die Untersuchungen. Die Schwestern beobachteten mich freundlich, aufmerksam, boten mir Kaffee an. Sie waren nett und unkompliziert.

Wir fuhren zur Einsatzzentrale der Polizei. Vor dem Haupteingang wartete ein Übertragungswagen, wir nahmen den Hintereingang. In den Räumen waren noch Einsatzkräfte, es herrschte Aufbruchstimmung. Belegte Brötchen ließen annehmen, daß sie sich auf eine lange Nacht eingestellt hatten.

Dann sah ich den Kriminalbeamten, der mit mir und dem Täter die ersten beiden Stunden der Geiselnahme telefonischen Kontakt gehalten hatte. Die Haare standen ihm tatsächlich zu Berge. Ich freute mich, ihn zu sehen, spürte auch jetzt noch seine menschliche Anteilnahme. Er hatte mir soviel Kraft gegeben, und dafür war ich ihm unendlich dankbar. Aber ich fiel ihm nicht mehr um den Hals. Es war zuviel geschehen. Ich wollte von ihm wissen, warum die Cola nicht gebracht, die Liste nicht rechtzeitig durchgegeben wurde. Warum plötzlich alles so anders gewesen war. Mich beschäftigte die Frage, ob mir die Vergewaltigung erspart geblieben wäre, hätte sich die Polizei an die Vereinbarungen – Liste und Cola – gehalten. Ich hätte gern gewußt, warum die Zusagen nicht eingehalten worden waren.

Ich erhielt keine konkrete Antwort. Ob sie befürchteten, ich würde ihnen die Vergewaltigung anlasten? Dazu bestand kein Anlaß. Eine Fehlentscheidung – wenn es eine war – gibt sich als solche immer erst im nachhinein zu erkennen und ist unter dem Druck der Ereignisse eine normale Entscheidung. Nur mit viel Glück trifft man die richtige Entscheidung. Wir hatten auf beiden Seiten mit den uns zur Verfügung stehenden Mitteln um das Aufgeben des Täters gekämpft und waren letztlich erfolgreich gewesen. Ich hatte ihnen mitgeteilt, was hinter der Bürotür geschehen war, wurde aber über das Geschehen vor der Bürotür nicht konkret informiert. Mir war meine neue Rolle noch nicht bewußt. Ich fühlte mich noch als Anstaltsleiterin, die mit der Polizei auf gleicher Ebene zusammenarbeitet.

Aber inzwischen war ich Opfer eines Verbrechens und zum Gegenstand polizeilicher Ermittlungen geworden. Ich war sicher, die Frage würde zu einem späteren Zeitpunkt geklärt. Wir zwei Frauen hatten überlebt, und das zählte für mich.

Eine Kriminalbeamtin sprach kurz mit mir. Wir vereinbarten einen Termin für die Vernehmung am nächsten Morgen. Die Fesselspuren an den Handgelenken wurden vermessen und fotografiert, nun war ich Bestandteil einer Ermittlungsakte.

Ich fuhr mit meinem Mann nach Hause, wir waren jetzt beide erschöpft, an Schlaf war jedoch nicht zu denken. Der Anrufbeantworter blinkte, Anrufe von der Familie, von besorgten Freunden, die von dem Ereignis in den Nachrichten erfahren hatten. Die Stimmen vermittelten den Eindruck von Angst und Betroffenheit. Wie gut, daß es vorbei war.

Wir saßen noch lange zusammen, tranken Prosecco – auf das Leben. Jetzt war ich erleichtert, die Geiselnahme hatte doch noch ein gutes Ende genommen. Mein Mann berichtete über die erste Information, die er von einem Mitarbeiter der »Bild-Zeitung« erhalten, über die Wartezeit, die er bei der Polizei verbracht hatte. Versehentlich war ihm ein »Täterprofil« in die Hände gefallen, das nicht für ihn bestimmt war.

Meine Vertreterin kam mit dem Fahrer, sie brachten meinen Hund zurück. Wir sprachen miteinander. Nach der anrührenden Begegnung auf dem Gang fanden wir uns jetzt auf der Ebene der Anstaltsleitung wieder. Wir wußten, daß wir die Stunden der Angst nicht in Worte fassen mußten. Mit dem Ende der Geiselnahme, das war uns klar, würde jetzt viel auf uns zukommen.

Vernehmung

Ich schlief gut in dieser Nacht. Und das lag nicht nur am Prosecco. Ich war einfach erschöpft und begnügte mich mit der Freude, lebendig zu sein.

Am nächsten Morgen kam die Kriminalbeamtin zur Vernehmung zu mir. Ich bemühte mich um Genauigkeit und stellte Lücken fest.

Die Austauschsituation – ich erinnerte mich gut, daß ich mich geweigert hatte, den Raum zu betreten, solange der Mann noch die Frau in seiner Gewalt hatte. Der Disput, er hielt sie umfaßt und bedrohte sie mit dem Messer. Er hatte mich aufgefordert einzutreten. Ich hatte ihm gesagt, daß ich das erst täte, wenn er sie freigelassen hätte. Hatte ich das durchgehalten? Ja, ich war erst hineingegangen, als sie den Raum verlassen hatte. Ich war beruhigt, das war in Ordnung.

Die Beamtin fragte nach. Die Bedingungen für die Austauschsituation schienen wichtig zu sein.

Erst später wurde mir klar, warum. Vorerst machte mir niemand direkt einen Vorwurf. Aber unterschwellig spürte ich die Zweifel, ob denn mein Verhalten nicht voreilig und fahrlässig gewesen war. Hätte es für uns nicht eine günstige Gelegenheit zur Flucht sein können, wenn ich mich nur etwas gescheiter angestellt hätte? Warum hatte ich den Austausch strategisch nicht so vorbereitet, daß starke Männer hätten zugreifen können?

Die mehr oder weniger offene Unterstellung weiblicher Intuition und mangelnder männlicher Strategie war bei einigen sicher nur auf schlichte Unkenntnis der Situation zurückzuführen. Die Bürotür öffnet sich zu einem in sich abgeschlossenen, unmöblierten Teil des Hauptflures. Die Gefahr, daß der Geiselnehmer es bemerkt hätte, wenn sich außer mir noch weitere Personen in dem Vorraum aufgehalten hätten, war angesichts mangelnder Versteckmöglichkeiten viel zu groß. Es hätte dann keinen Austausch mehr gegeben, dafür aber eine Rechtfertigung für den Mann, sich an seiner Geisel für den Überwältigungsversuch, für das Nichternstnehmen seiner Person zu rächen.

Ich bin auch kein James Bond, dem es vielleicht gelungen wäre, die Frau unverletzt aus der Gewalt des Täters zu befreien, sie sicher zu der ca. sieben Meter entfernten schweren Glastür zu geleiten, diese mit einem Doppelbartschlüssel, bei dem es darauf ankommt, die Bärte nicht zu verwechseln, zu öffnen, der eilends durchschlüpfenden Frau zu folgen, in korrekter Handhabung des besagten Schlüssels die Tür von der anderen Seite heranzuziehen und sie wieder zu verschließen.

Und der Täter hätte solange – mit dem Messer in der Hand – staunend zugeschaut.

Ja, ich hatte mich freiwillig in diese Situation begeben, und ich wußte durchaus, was ich tat. Natürlich hatte ich Angst, Angst um das Leben der Mitarbeiterin und Angst um mich. Ich hatte aber einen klaren Kopf, fühlte mich der Situation besser gewachsen, kannte den Mann und hoffte, ihm in sachlicher Klarheit und mit dem Gewicht der Anstaltsleiterin einen akzeptablen Ausweg vermitteln zu können. Der Mann hatte den Austausch nicht gefordert und hatte mich, nachdem er seine erste Geisel gehenließ, auch nicht zum Eintreten gezwungen. Das war auch nicht nötig, da er in dem Vorraum jederzeit die Möglichkeit des erneuten Zugriffs gehabt hätte.

Und ich wollte die Glaubwürdigkeit meiner Zusagen nicht aufs Spiel setzen. In einem Gefängnis kommen häufiger Extremsituationen vor, Situationen, aus denen Gefangene keinen Ausweg mehr finden.

Hilfestellung, Vereinbarungen, Kompromisse werden nur dann angenommen, wenn sie für den Betroffenen glaubwürdig sind. Ich war mir sicher, der Mann hätte dem Austausch niemals zugestimmt, wenn er meiner Zusage, allein und unbewaffnet zu kommen, nicht vertraut hätte. Dieses Kapital mußte für mich auch in der Zukunft zur Verfügung stehen, wollte ich dort weiter arbeiten.

Die Vernehmung war fast beendet, nebenbei lief das Radio, ich wollte die Nachrichten hören. Im »NDR-Mittagskurier« wurde berichtet, die Geiselnahme sei nun beendet. Das Sondereinsatzkommando der Polizei habe den Geiselnehmer überwältigen können und die Geisel befreit. Beide Geiseln stünden noch unter Schock und seien nicht vernehmungsfähig.

Spontan wollte ich beim Sender anrufen, alles richtigstellen, beweisen, daß ich handlungsfähig war. Aber wozu? Es würde sich schon alles aufklären, glaubte ich am Tag nach der Geiselnahme.

Dieser und der folgende Tag waren ausgefüllt mit Gesprächen. Familienangehörige, Freunde kamen, auch Justizministerin Alm-Merk besuchte mich. War ich bislang davon ausgegangen, daß die Geiselnahme ein zwar spektakuläres, für die Justiz aber nicht so ungewöhnliches Ereignis war, so erhielt ich allmählich den Eindruck, daß ausgerechnet dieser Vorfall der Verfolgung ganz anderer Interessen diente.

Die Messer und die Medien

Ich sah die Nachrichten, Bilder der Geiselnahme. Über den Bildschirm flimmerte die Großaufnahme einer Besteckssammlung. Zwanzig Messer und sechzehn Gabeln, so hörte ich, hatte die Polizei bei einer Durchsuchung der Zelle des Täters sichergestellt. Daneben – in einer Plastiktüte – lag die Tatwaffe.

Die Bestecke kannte ich sehr gut, fast täglich hatte ich sie zum Essen benutzt. Sie stellen an die Geduld desjenigen, der versucht, mit dem Messer ein Stück Fleisch in mundgerechte Stücke zu schneiden, hohe Anforderungen. Die Küche hat sich offenbar darauf eingestellt und reicht die Fleischbeilage entweder kleingeschnitten im Eintopf oder in Gestalt einer weichen Bockwurst.

Die Bestecke, die jetzt in allen Nachrichtensendungen zu sehen waren, bestehen aus Weichmetall, einem Material, das nicht zum Anschleifen geeignet ist. Wenn auch – erkennbar – die Tatwaffe aus Hartmetall nicht zu dieser Sammlung gehörte, war es allein schon die Vielzahl der Messer, die den Eindruck gefährlicher Werkzeuge vermittelte.

Die Journalisten von »RTL Aktuell« vernachlässigten den kleinen – wenn auch wesentlichen – Unterschied und teilten mit, daß es sich bei der Tatwaffe um eins der zwanzig Besteckmesser gehandelt habe.

RTL Aktuell, 27. 2. 1996

In der Zelle des Geiselnehmers fanden sich nicht weniger als zwanzig Besteckmesser und sechzehn

Gabeln. Der 37jährige hatte, mit einem dieser Messer und einer Schere bewaffnet, eine Sozialarbeiterin in seine Gewalt genommen ... Auch wenn sich der Häftling später ergibt, birgt die Waffensammlung politischen Sprengstoff, der die Verantwortlichen verunsichern muß.

Der Haftraum des Täters barg nach »RTL« nicht nur die Waffensammlung – versteckt unter dem Kleiderschrank –, sondern auch noch zwanzig Katzen:

Gestern hingegen hat die Polizei eine Menge gefunden, zuerst einmal rund zwanzig Katzen, die der Geiselnehmer sich aus therapeutischen Gründen halten durfte, und dann, nach ungefähr fünf Minuten, unter dem Kleiderschrank eine Box, in der diese Gabeln und Messer versteckt waren. Und wenn man diese Tatsachen mal ansieht, dann kann man eigentlich davon ausgehen, daß die Kontrollen sicherlich sehr oberflächlich sind, die hier durchgeführt werden.

Die Tatsachen: Der Täter hatte *eine* Katze, und die Bestecke waren nicht unter dem Kleiderschrank verborgen, sondern lagen in einem offenen Regal. Dort hatte sie die Polizei gefunden.

Anfangs hielt ich diese Darstellung für eine Nachlässigkeit, für ein – weiteres – Versehen. Später ging mir auf, daß es sich ja in der Tat um eine Waffensammlung handelt, wenn die Tatwaffe eine von zwanzig weiteren potentiellen Tatwaffen ist. Und zwanzig Katzen in einer Zelle sind ein Symptom für Verwahrlosung, die wir jedoch nicht registrieren, weil wir aufgrund unseres therapeutischen Anspruchs so locker mit gefährlichen Gefangenen umgehen.

Die Polizei hatte offenbar auch nicht mitgeteilt, daß es sich bei dem Besteckfund um Geräte aus Weichmetall handelte. Jedenfalls wurde nichts darüber bekannt.

Dennoch maß ich der Wirkung dieser Präsentation noch keine große Bedeutung zu. Schon gar nicht hätte ich mir vorstellen können, daß jemand ernsthaft versuchen würde, ausgerechnet mit diesen untauglichen Weichmetallwerkzeugen am Stuhl der Justizministerin zu sägen.

Hannoversche Allgemeine Zeitung, 28. 2. 1996
Konkret wird die Anstaltsleitung im Fall Salinenmoor die Frage beantworten müssen, wieso ein zu Sicherungsverwahrung verurteilter Verbrecher mit der Essensausgabe beauftragt wurde? Nur dadurch konnte er sich einen ganzen Besteckkasten voller Waffen zulegen. Politisch wird die Ministerin die Frage beantworten müssen, ob sie eine falsche Personalpolitik betreibt ... Heidi Alm-Merk muß eine überzeugende Antwort auf diese Probleme finden. Nicht allein, weil es um ihre Existenz als Ministerin, sondern weil es um Menschenleben geht.

Hannoversche Allgemeine Zeitung, 1. 3. 1996
Die CDU fordert als Konsequenz aus der jüngsten Celler Geiselnahme die Entlassung von Justizministerin Heidi Alm-Merk (SPD). Alm-Merk sei »ein Sicherheitsrisiko« und »dem Land nicht mehr zuzumuten«, sagte CDU-Chef Christian Wulff.

Nord-Report, 1. 3. 1996
Für zwingend geboten hält der Vorsitzende der CDU-Landtagsfraktion, Christian Wulff, die Entlassung von Justizministerin Heidi Alm-Merk. »Diese Ministerin ist ein Sicherheitsrisiko«, sagte Wulff am Donnerstag in Hannover. Die »schweren Versäumnisse« Alm-Merks in der Vergangenheit seien durch die Geiselnahme in der Justizvollzugsanstalt Celle II noch einmal drastisch deutlich geworden. Ein schwerstkrimineller Mörder und Vergewaltiger habe unkontrolliert Waffen sammeln und unbeaufsichtigt Vier-Augen-Gespräche mit weiblichen Bediensteten führen können.

Cellesche Zeitung, 2. 3. 1996
Unterdessen gab der SPD-Fraktionsvorstand Justizministerin Heidi Alm-Merk (SPD) Rückendeckung. Für die von der CDU geforderte Entlassung gebe es keinen Grund … Es sei empörend und geschmacklos, »auf dem Rücken der couragierten Justizvollzugsbediensteten zu versuchen, politisches Kapital aus der Geiselnahme zu schlagen«.

Ich wurde nicht ganz schlau daraus, welche »schweren Versäumnisse« durch die Geiselnahme deutlich geworden und der Justizministerin angelastet wurden. Blechmesser? Gespräche zwischen Bediensteten und Gefangenen? Ein Gefangener, der als Essenholer arbeitete? Die Tatsache, daß es überhaupt eine Geiselnahme gegeben hatte? In der »Hannoverschen Allgemeinen Zeitung« erschien folgender Kommentar:

Hannoversche Allgemeine Zeitung, 10. 4. 1996
Strafvollzug: Traurige Bilanz
Sechs Geiselnahmen im Gefängnis in der Ägide eines einzigen Landesjustizministers, unter den Opfern zwei weibliche Sozialarbeiterinnen; 44 Ausbrüche in einem einzigen Jahr – eine traurige Bilanz? Sicher. Doch wenn es Schuld des verantwortlichen Politikers gewesen sein sollte, wie die Opposition meinte, so ist das Versagen in Niedersachsen chronisch: Diese Zahlen stammen bereits aus der Amtszeit von Walter Remmers, dem christdemokratischen Vorgänger der jetzigen Amtsinhaberin Heidi Alm-Merk (SPD).

Der Job des Justizministers ist ein schwieriger. Er erscheint fast nur mit Negativschlagzeilen in der Zeitung. Unabhängig von den Parteien, die die Regierung stellen, dürfte kaum ein anderer Minister so regelmäßig zum Rücktritt aufgefordert werden. Verständlich, die Sicherheit, den Schutz vor Verbrechen möchte jeder für sich in Anspruch nehmen. Die Verhinderung von Straftaten liegt den Bürgern mehr am Herzen als die Vermeidung von Unterrichtsausfall in der Schule. Vielleicht nahm ich den Aufschrei der jeweiligen Opposition über die jeweilige Regierung viel zu ernst, weil er mir als Mitbetroffener in den Ohren klang.

Es war für mich gar keine Frage, daß meine Arbeit, meine Entscheidungen Anlaß zu Kritik bieten, daß auch ich Fehlentscheidungen treffen könnte. Aber gerade die Behandlung des Täters vor und während der Geiselnahme waren aus meiner Sicht für die

Anlastung »schwerer Versäumnisse« denkbar ungeeignet.

Zumal ich davon ausgegangen war, daß die inhaltliche Zielrichtung des Strafvollzugsgesetzes – zumindest in groben Zügen – bekannt war.

Rache oder Resozialisierung

Die Behandlung der Strafgefangenen und Sicherungsverwahrten im Vollzug ist gesetzlich geregelt, und das muß die Richtschnur unseres Handelns sein.

Strafvollzug ist Ländersache, aber für die gesamte Bundesrepublik gibt es seit 1977 ein Strafvollzugsgesetz, das den Vollzug der Freiheitsstrafe in Justizvollzugsanstalten und freiheitsentziehende Maßregeln der Besserung und Sicherung (Sicherungsverwahrung) regelt. Dieses Gesetz schreibt vor, daß es die vorrangige Aufgabe des Vollzuges ist, den Gefangenen zu befähigen, »künftig in sozialer Verantwortung ein Leben ohne Straftaten zu führen« (Vollzugsziel). Damit stellt es die Rückfallverhütung und die soziale Eingliederung des Täters in den Vordergrund. Erst in zweiter Linie dient der Vollzug der Freiheitsstrafe »auch dem Schutz der Allgemeinheit vor weiteren Straftaten« (§ 2 Strafvollzugsgesetz). Der vorrangige Auftrag ist eindeutig: Kümmert euch darum, daß der Straftäter nach seiner Entlassung in der Gesellschaft zurechtkommt, Verantwortung für seine Mitmenschen walten läßt und keine Straftaten mehr begeht.

Das Strafvollzugsgesetz entspricht dem Menschenbild unserer Verfassung. Es steht für einen menschenwürdigen und behandlungsorientierten Vollzug. Es hat die Straftäter noch nicht abgeschrieben. Es steht aber auch für Sicherheit. Die muß auch sein, denn Gefangene mit langen Freiheitsstrafen lassen sich nicht allein mit guten Worten zum Bleiben überreden. Doch das Sicherheitskonzept muß den Erhalt der Menschenwürde garantieren, es darf sich nicht zur Erniedrigung, zur Zerstörung von Menschen mißbrauchen lassen. »Die Würde des Menschen ist unantastbar«, so steht es im Grundgesetz und gilt für alle Menschen, auch für inhaftierte Straftäter. Wie alle guten Gaben an die Menschen läßt sich auch praktizierter Behandlungsvollzug mißbrauchen. Er birgt zwangsläufig Sicherheitsrisiken: Gefahren durch Gewährung von Vollzugslockerungen, Unterstützung von Außenkontakten, liberalere Haftbedingungen etc. Derselbe Vollzug dient jedoch auch der Sicherheit, weil er von den Betroffenen ausgehalten werden kann und Möglichkeiten bietet, die Haftzeit sinnvoll zu nutzen.

Zur Erreichung des Vollzugszieles legt der § 3 sogenannte Mindestgrundsätze fest:

(1) Das Leben im Vollzug soll den allgemeinen Lebensverhältnissen soweit als möglich angeglichen werden.

(2) Schädlichen Folgen des Freiheitsentzuges ist entgegenzuwirken.

(3) Der Vollzug ist darauf auszurichten, daß er dem Gefangenen hilft, sich in das Leben in Freiheit einzugliedern.

Dies steht wohlgemerkt in einem Gesetz, das es seit zwanzig Jahren gibt, und nicht in einem Konzept der Justizministerin für den Vollzug in Niedersachsen. Diesem Gesetz ist nicht nur die Ministerin verpflichtet, sondern alle Bediensteten, die in Strafvollzugseinrichtungen arbeiten.

Auch Journalisten sind Menschen, die nicht alles wissen können. Zum Beispiel, daß sich der Gesetzgeber nachhaltig von dem Gedanken an Rache und Vergeltung verabschiedet hat. So schrieb am 28. 2. 1996 ein Journalist der »Celleschen Zeitung«: *Es gibt jedoch das legitime Recht einer Gesellschaft auf Schutz vor Verbrechern und auf Rache. Dazu sind Gefängnisse in erster Linie da.*

Das Recht einer Gesellschaft auf Schutz vor Verbrechen ist durchaus legitim. Diesem Recht wird auch im § 2 Strafvollzugsgesetz Rechnung getragen: »Der Vollzug der Freiheitsstrafe dient auch dem Schutz der Allgemeinheit vor weiteren Straftaten.« Der Gesetzgeber war jedoch ausgesprochen vorausschauend. Er wußte, daß aus den Verbrechern eines Tages wieder aktive Mitglieder der Gesellschaft werden. Dann ist es vorbei mit dem Schutz vor Verbrechern. Und er wußte auch, daß Menschen dazu neigen, sich so zu benehmen, wie sie behandelt werden. Deshalb hat er entschieden, daß *vorrangiges* Ziel des Vollzuges die Vermittlung sozialer Verantwortung sein muß. Und dazu sind Gefängnisse in erster Linie da. Allerdings muß ich zugestehen, daß ich mich manchmal frage, wie sich der Gesetzgeber die Umsetzung vorgestellt hat.

Gefängnisrealität

In einer Anstalt wie der JVA Salinenmoor haben wir es mit erwachsenen Menschen zu tun, die in der Regel nicht das erstemal inhaftiert sind. Wir sind keine freie Beratungsstelle, die man aufsucht, wenn man sich Hilfe für die Lösung eines Problems verspricht, und die man nach der Beratung wieder verlassen kann. Wir halten die Menschen dort gegen ihren Willen fest, und darin sehen sie ihr Problem. Sie wollen von uns nicht wissen, wie sie der sozialen Verantwortung teilhaftig werden können, sie wollen schlicht wieder raus.

Die Gemeinschaft der Gefangenen ist keine homogene Gruppe. Der Bildungsstand reicht – wie draußen auch – von Hilfsarbeitern ohne Schulabschluß bis zu Hochschulabsolventen, wenn auch letztere eher die Ausnahme sind. Auch Rechtsanwälte, Ärzte und Psychologen werden inhaftiert. Es gibt psychisch Auffällige und psychisch Stabile, massiv Drogenabhängige und Feinde von Drogenkonsum, Aggressive und Durchsetzungsschwache, Anhänger von Bayern München und Borussia Dortmund. Angehörige verschiedener Nationalitäten, die sich in der freien Welt bekriegen, Serben und Kroaten, Albaner und Jugoslawen. Sie können sich hier nicht aus dem Wege gehen, und wir können nur hoffen, daß der Waffenstillstand anhält. Nur eins haben viele von ihnen gemeinsam: Sie kennen sich gut aus im Knast, wissen, wie der Hase läuft und wie man über die Runden kommt.

Sie richten sich ein in einer Zwangsgemeinschaft,

in engem Kontakt zu Leuten, die sie sich nicht aussuchen und deren Nähe sie nicht vermeiden können. Auch im Gefängnis gibt es Arbeitslosigkeit, ca. die Hälfte der Gefangenen kann einer Beschäftigung in den Betrieben nachgehen. Einige haben durch den Arbeitsverdienst und Unterstützung von draußen ein recht gutes finanzielles Auskommen, andere müssen von ca. DM 40,– Taschengeld im Monat ihren Tabak-, Kaffee- und sonstigen Konsum finanzieren. Natürlich versuchen sie, in der den Menschen eigenen Art, aus der Notsituation das Beste zu machen, zu Besitztümern zu gelangen und sich in der Gefangenenhierarchie zu behaupten. Das schafft Verbündete, aber auch Abhängigkeiten. Zudem müssen sie aufpassen, daß den Bediensteten ihre Geschäfte verborgen bleiben, sonst sind sie ihren mühsam erkungelten Besitz wieder los.

Die Bediensteten kontrollieren ihre Zellen, ihren gesamten privaten Besitz. Wenn die Gefangenen etwas vor ihnen verstecken wollen, müssen sie sich schon Mühe geben oder es in Räumlichkeiten unterbringen, die für Mitgefangene zugänglich sind. Dann besteht allerdings die Gefahr, daß das Versteckte gestohlen wird.

Innerhalb des geschlossenen Vollzuges werden die Besuchskontakte zu Angehörigen und anderen Kontaktpersonen von Bediensteten optisch – manchmal auch akustisch – überwacht. Das heißt, es gibt kaum eine Privat- und keinesfalls eine Intimsphäre.

Es gibt Anstalten, die unüberwachte Besuchskontakte mit Angehörigen zulassen, diese sind jedoch, abgesehen von den erforderlichen Räumlichkeiten, mit einem erhöhten Kontrollaufwand verbunden. Dies konnte und kann die JVA Salinenmoor weder räumlich noch personell leisten. Die Gefangenen dürfen zwei Telefonate pro Woche führen, die sie selbst bezahlen müssen. Und wenn sie ein weiteres Telefonat führen wollen, müssen sie dafür sehr überzeugende Gründe haben, die auch den Bediensteten plausibel genug erscheinen, um die Genehmigung dafür zu erteilen.

Einzelzellen sind durch die anhaltende Überbelegung in allen Anstalten rar, das ist für Gefangene, die lange Haftstrafen zu verbüßen haben, ein echtes Problem. Untersuchungsgefangene, die eigentlich besser gestellt sein sollten als Strafgefangene, da sie bis zur Verurteilung oder Entlassung als unschuldig zu behandeln sind, kann es noch härter treffen, da für die Station kein Zellenaufschluß zugelassen wird. So kann es sein, daß sie sich mit einem weiteren Gefangenen acht Quadratmeter Haftraum hinter verschlossener Tür teilen müssen, zwanzig Stunden am Tag. Die acht Quadratmeter werden noch von einem Etagenbett, zwei Schränken und einem Tisch mit zwei Stühlen beansprucht, und ihren Zellengenossen können sie sich auch nicht aussuchen. Wenn sie sich unter diesen Umständen nicht die Köpfe einschlagen, haben sie immerhin schon die erste Lektion der sozialen Verantwortung gelernt.

Von Bediensteten, die täglich mit den Gefangenen zu tun haben, einen Teil ihrer Kümmernisse kennen, aber auch ihre Reaktionen auf negative Entscheidungen aus dem Vollzug oder ihre Enttäuschungen über Personen draußen aushalten müssen, wird oft ein

Höchstmaß an Deeskalationsfertigkeiten gefordert. Das heißt: Verständnis, Ruhe, Gelassenheit, aber auch Konsequenz, und das alles vor dem Hintergrund, daß die Zahl der Gefangenen steigt und die der Bediensteten abnimmt. Auch das Prinzip, daß Mehrarbeit, die gerade der allgemeine Vollzugsdienst durch die Überbelegung ohne Zweifel hat, in der Regel höher entlohnt wird, greift nicht. Und auf eine Beförderung müssen die Bediensteten aus Einspargründen noch länger als üblich warten und sich letztlich damit trösten, daß sie zumindest eine Arbeitsstelle haben.

Wir könnten es uns auch einfacher machen. Wir könnten jegliche Bemühungen um Drogenberatung, persönliche Beratung, sportliche Aktivitäten, Aus- und Fortbildung, Konfliktbearbeitung etc. unterlassen und – stellvertretend für die Gesellschaft – Rache am Verbrecher üben. Dann haben wir im Vollzug Ruhe, gehen keine Risiken wie zum Beispiel das einer Geiselnahme ein, weil wir nur noch Sicherheit walten lassen: Einschluß, keine Gespräche mehr unter vier Augen, keine Vollzugslockerungen, keine Entlassungsvorbereitung. Es könnte ja sein, daß der Gefangene von einem Ausgang nicht zurückkommt oder Straftaten begeht. Um seine sozialen Kontakte müßte er sich dann nach der Entlassung bemühen.

Dann allerdings würden wir nicht nur eindeutig gegen Gesetze verstoßen, sondern Verbrecher entlassen, denen die Menschen und die Gesellschaft nicht nur fremd, sondern auch ziemlich gleichgültig geworden sind. Es wäre ein Teufelskreis.

Ich räume ein, daß es widersinnig erscheinen mag, daß Menschen, die ihren Mitmenschen Schaden zugefügt haben, resozialisiert und nicht schlichtweg für begangenes Unrecht bestraft werden sollen. Vielen Gefangenen kämen wir mit dieser Haltung entgegen, diese Sprache verstehen sie. Für sie wäre die Straftat mit der Bestrafung aus der Welt. Sie müßten sich nicht mit dem »Resozialisierungsquatsch« abgeben, mit dem für sie unsinnigen Ansinnen, an sich zu arbeiten.

In der Realität – vor Gericht – werden sie auch bestraft, mit dem Entzug der Freiheit. Mit der Freiheits*strafe*. Wenn man bedenkt, welch hohes Gut die Freiheit ist, ist der Entzug derselben eine schwere Sanktion.

Und dann kommen wir Vollzugsmenschen mit dem Strafvollzugsgesetz und verarbeiten die Freiheitsstrafe zur Resozialisierungsmaßnahme, für einige Gefangene zur Resozialisierungsstrafe. Wir sagen: »Ihr müßt euch ändern, und wir helfen euch dabei.« Die Gefangenen sind aber erstens mit sich gar nicht so unzufrieden, und zweitens wissen sie um die Begrenztheit unserer Möglichkeiten zur Hilfestellung. So kann man manchmal den Eindruck gewinnen, sie lassen uns gewähren, weil sie mit uns auskommen müssen.

Aber was sonst bietet die Gewähr, einen straffällig gewordenen Menschen von dem Unrecht seines Tuns langfristig zu überzeugen? Daß die Abschreckung, selbst die durch Todesstrafe nicht funktioniert, wissen wir inzwischen. Untersuchungen zur Effektivität der Todesstrafe haben ergeben, daß die Anzahl strafrechtlich relevanter Tötungsdelikte in Ländern, in denen die Todesstrafe verhängt wird, höher ist als in den anderen.

Auch wenn die angenommene Rückfälligkeit der entlassenen Gefangenen – je nach Untersuchung und Klientel – zwischen 50 und 80 Prozent liegen mag, ist der Resozialisierungsgedanke kein Hirngespinst. Er erreicht zwar nicht alle, die er erreichen müßte, aber immerhin schaffen es 20 bis 50 Prozent, »ein Leben in sozialer Verantwortung zu führen«.

Es bleibt die Frage, was ein wegen Mordes verurteilter und wegen Vergewaltigung in Sicherungsverwahrung befindlicher Gefangener mit zwanzig Messern und sechzehn Gabeln – Weichmetall hin, Hartmetall her – und zwanzig Katzen in seinem Haftraum macht. Warum wird ein so gefährlicher Mann als Essenholer eingeteilt, und wieso darf er ohne Trennscheibe allein mit Bediensteten, sogar mit einer weiblichen Bediensteten sprechen? Und ist es nicht gewagt, ihm täglich zu gestatten, für die Dauer von zwei Stunden Gefangene auf anderen Stationen zu besuchen?

Sicherungsverwahrung

Für den Vollzug der Sicherungsverwahrung heißt es im Strafvollzugsgesetz:

§ 129 Ziel der Unterbringung
Der Sicherungsverwahrte wird zum Schutz der Allgemeinheit sicher untergebracht. Ihm soll geholfen werden, sich in das Leben in Freiheit einzugliedern.

§ 131 Ausstattung
Die Ausstattung der Sicherungsanstalten, namentlich der Hafträume, und besondere Maßnahmen zur Förderung und Betreuung sollen dem Untergebrachten helfen, sein Leben in der Anstalt sinnvoll zu gestalten und ihn vor Schäden eines langen Freiheitsentzuges zu bewahren. Seinen persönlichen Bedürfnissen ist nach Möglichkeit Rechnung zu tragen.

Hier hat der Gesetzgeber, anders als bei den Strafgefangenen, der sicheren Unterbringung den Vorrang vor der Wiedereingliederung gegeben. Er legt jedoch Wert darauf, schädlichen Folgen des Vollzuges entgegenzuwirken. Das macht auch Sinn, wenn man berücksichtigt, daß die Sicherungsverwahrten nach Verbüßung ihrer – häufig langen – Freiheitsstrafe in der Regel nicht entlassen werden, sondern dann die Sicherungsverwahrung antreten, die, wenn sie das erstemal verhängt wird, bis zu zehn Jahren dauern kann.

Vor Antritt der Sicherungsverwahrung, und dann im Abstand von jeweils zwei Jahren, wird geprüft und von einem Gericht entschieden, ob diese Maßnahme – noch – erforderlich ist. Wird eine Sicherungsverwahrung nach erneuter Verurteilung zum zweitenmal verhängt, wird die Frage der weiteren Vollziehung auch in Zweijahresabständen überprüft, aber das Ende ist ungewiß, die Dauer ist nicht mehr begrenzt.

Der Gesetzgeber hat vorgesehen, die Sicherungsverwahrten in einer eigenen Anstalt oder in einer von

Strafgefangenen getrennten Abteilung unterzubrin-
gen. Für die Anzahl von ca. fünfzehn bis zwanzig
Sicherungsverwahrten in Niedersachsen kann aller-
dings keine Anstalt zur alleinigen Nutzung bereitge-
stellt werden. So werden die Gefangenen spätestens
zum Antritt der Sicherungsverwahrung in die Justiz-
vollzugsanstalt Salinenmoor verlegt und sind hier in
einer nur durch eine Gittertür von dem anderen Voll-
zug getrennten Station untergebracht. Darüber sind
weder die Sicherungsverwahrten noch die Verant-
wortlichen sehr glücklich, aber angesichts der leeren
Staatskassen und der vorherrschenden Überbele-
gung in allen Justizvollzugsanstalten werden wir uns
weiter miteinander arrangieren müssen.

Die Sicherungsverwahrten können in den allen
Gefangenen zugänglichen Betrieben arbeiten oder
an einem Förder- bzw. Hauptschulkurs teilnehmen.
Sie können jedoch, nach dem Gesetz, auf einer Tren
nung von Untersuchungs- und Strafgefangenen
bestehen, auch wenn ihre sozialen Kontakte damit
über Jahre auf wenige Menschen reduziert wären.
Das wiederum dürfte dem Erhalt sozialer Fertigkei-
ten nicht sonderlich dienlich sein. Die Monotonie
des Alltags und das tägliche Erleben der anderen
vierzehn bis neunzehn Verwahrten kann nach läng
stens drei Monaten nicht mehr als Herausforderung,
als Übungsfeld für das Trainieren sozialer Fähigkei-
ten begriffen werden.

Der Gesetzgeber hat das Übel jahrelanger Isolie-
rung durchaus gesehen und sich bemüht, dem mit
mehr Großzügigkeit innerhalb des Vollzuges zu
begegnen. Die Sicherungsverwahrten dürfen zum

Beispiel mehr Pakete empfangen als die Straf- oder Untersuchungsgefangenen, vorausgesetzt, sie haben noch jemanden, der ihnen eins schickt. Sie erhalten ein höheres Taschengeld, wenn sie nicht arbeiten. Sie haben auf ihrer Station länger Aufschluß (geöffnete Zellentüren) und dürfen abends für die Dauer von zwei Stunden Strafgefangene auf deren Stationen besuchen. Vorausgesetzt, es bestehen keine Sicherheitsbedenken und die Stationsbediensteten haben dem zugestimmt. Auch die Genehmigung von Gegenständen, die sie in ihrer Zelle haben dürfen, wird großzügiger gehandhabt.

Das sind die gesetzlichen Vorgaben, die den Rahmen für die Behandlung des Täters abstecken:

- Es ist richtig, daß der Täter diesen Besteckkasten in seiner Zelle hatte. Der Besitz von Weichmetallbestecken ist gestattet. Man hätte ihm eine Unterschlagung anlasten können, weil ihm dieser Besteckkasten nicht gehörte. Mag sein, daß er als Essenholer Bestecke in Reserve haben wollte.
- Es ist richtig, daß er als Essenholer eingesetzt war. Dies war eine sinnvolle Maßnahme, um ihn in einen geregelten Tagesablauf einzubinden, zumal die Essenholer immer von Bediensteten beaufsichtigt werden.
- Richtig ist auch, daß ihm der »normal übliche« Umgang mit Bediensteten und Mitgefangenen gestattet war. Er war seit Jahren, und zwar sowohl während seiner Freiheitsstrafe als auch während der Sicherungsverwahrung, nicht als gefährlich innerhalb des Vollzuges in Erscheinung getreten.

Nach der Messerpräsentation beherrschten die »katastrophalen Pannen« die Überschriften, nicht nur die »Bild-Zeitung« schrieb vom »Schloßhotel« und »Tollhaus Knast«. In der Anstalt blieb es ruhig, keine weiteren Vorfälle, keine neue Nahrung für Schlagzeilen. Um so mehr überraschte mich ein Artikel, der sechs Wochen nach der Geiselnahme erschien:

Frankfurter Allgemeine Zeitung, 8. 4. 1996

FRAU ALM-MERKS ZEICHEN GEGEN DIE MÄNNERWIRTSCHAFT

Das weibliche Personal im »Männerknast« Salinenmoor lebt gefährlich ... Ein Beispiel dafür, wie Mißstände, die nichts mit Geldmangel zu tun haben, unter den Teppich gekehrt werden, war die offizielle Reaktion auf die Gewaltorgie des Sexualmörders M. in Celle ...

Es war kein Zufall, daß ausgerechnet dieses Haus, und nicht etwa das Frauengefängnis in Vechta, als erste JVA in Niedersachsen 1991 eine Leiterin erhielt, die Gefängnispsychologin Bennefeld-Kersten. Die Justizministerin und engagierte Frauenrechtlerin Alm-Merk setzte mit dieser Personalentscheidung gleich zu Beginn ihrer Amtszeit ein Zeichen gegen die »Männerwirtschaft« in ihrem Ressort, und Frau Bennefeld-Kersten hatte nicht nur das richtige Geschlecht, sondern auch die der Ministerin genehmen Ansichten über zeitgemäßen Strafvollzug. Weniger stures Reglement, mehr Therapie war die neue Linie. Mit ministerieller Rückendeckung umgab sich die neue Chefin mit zwei weiteren Frauen in der Gefängnisleitung und setzte nach und nach durch,

daß auch die drei Sozialarbeiter das richtige – weibliche – Geschlecht hatten ...
Für die politisch Verantwortlichen hätte es ein Alarmsignal sein müssen, als die Zeitschrift »Focus« im vergangenen November mit handfesten Enthüllungen über den Strafvollzug in Salinenmoor aufwartete. Ein Häftling, hieß es da, führe täglich die Hunde der Anstaltsleiterin im Wald spazieren, zwei andere seien als »Aufsichtspersonal« für einen Gefangenentransport eingeteilt worden. Drei gemeingefährliche Verbrecher hätten die vertrauensbildenden Maßnahmen, von männlichen Bediensteten auch »Schmusekurs« genannt, zur Flucht genutzt ... Gewarnt war die Ministerin damit zur Genüge. Doch es waren ihr Ziehkind und ihr Konzept, die da angegriffen wurden, und deshalb reagierte sie nicht ...
Angebracht wäre auch die Frage, wie es mit der Fürsorgepflicht eines Dienstherren – und sei er auch weiblich – zu vereinbaren ist, daß eine gerade vergewaltigte Frau wieder die Verantwortung für die Sicherheit von zweihundert Gefangenen und 137 Bediensteten übernehmen darf.

Hätte der Redakteur mich vorher gefragt, hätte er erfahren, daß nicht Frau Alm-Merk die Zeichen gegen die »Männerwirtschaft« gesetzt hat, sondern Männer. Und daß es wiederum Männer waren, die mich 1987 – noch unter der CDU-Regierung – fragten, ob ich mir vorstellen könnte, Anstaltsleiterin zu werden. Und daß ich nicht die »erste Leiterin einer JVA in Niedersachsen« bin, sondern daß bereits während der Amtszeit des Justizministers Remmers eine Frau als Leiterin eines Männergefängnisses eingesetzt wurde.

Ich hätte auch sagen können, daß ich dafür bekannt bin, der Therapie im Knast, mit Ausnahme der sozialtherapeutischen Anstalten und Abteilungen, sehr kritisch gegenüberzustehen, und niemals behaupten würde, in Salinenmoor würden wir therapieren.

Ich hätte ihm gesagt, daß es nur eine weitere Frau, nämlich meine Vertreterin, in der Gefängnisleitung gab und daß die Sozialarbeiterinnen nicht von mir, sondern von Männern in der Aufsichtsbehörde eingestellt worden waren, weil sie in dem Bewerbungsverfahren besser abgeschnitten hatten als ihre männlichen Mitbewerber. Interessiert hätte mich, warum nur das weibliche Personal im »Männerknast« Salinenmoor gefährlich lebt, wo es doch bekanntlich mehr männliche als weibliche Geiseln gibt und mehr körperliche Übergriffe auf männliche als auf weibliche Bedienstete. Warum psychisch und physisch verletzte Männer keine Erwähnung finden? Einige von ihnen haben Jahre gebraucht, um die Folgen zu verarbeiten. Das alles hätte ich ihm gern gesagt, aber dazu hätte er mich fragen müssen.

Der ein halbes Jahr zuvor mühsam zusammengetragene Artikel in »Focus« hatte den Grundstein gelegt und erfuhr nun eine Aufwertung. Er wurde zum »Alarmsignal für die Verantwortlichen« stilisiert.

»Focus« fokussiert den Vollzug

Unter der Überschrift »Knackis auf Wache« erschien im November 1995 ein Artikel über die Justizvollzugsanstalt Celle II und die Leiterin. Unzufriedene Bedienstete hatten sich offenbar an das Magazin gewandt, und die Redakteure baten mich – in stiller Hoffnung, Skandalen auf die Spur zu kommen – um ein Gespräch. Immerhin – die Redakteure von »Focus« informierten sich vor Ort. Sie gaben vor, für einen Artikel über den Vollzugsalltag auch in anderen Anstalten recherchieren zu wollen. Ich bemühte mich, ihre skandalträchtigen Fälle aufzuklären und ihnen Sinn und Zweck der Vollzugsplanungen und der Entlassungsvorbereitung näherzubringen. Das war nicht ganz einfach, waren sie doch naturgemäß mißtrauisch. Schließlich mußte ich Interesse daran haben, die Dinge in das mir genehme Licht zu rücken. Außerdem wollten sie über Skandale berichten und nicht über unsere Alltäglichkeiten. Ich schilderte die Begebenheiten, und als der Artikel erschien, war ich beeindruckt. Fabel-haft, was man aus Geschichten, die das vollzugliche Leben schreibt, alles herausholen kann:

So kam ein Gefangener, der im offenen Vollzug untergebracht war, gegen Abend von einem Ausgang alkoholisiert zurück. Der Genuß von Alkohol ist den Gefangenen untersagt. Folgerichtig forderte der Bedienstete den Gefangenen zu einer Alkoholkontrolle auf. Der Gefangene weigerte sich und begann zu randalieren. Der Bedienstete benachrichtigte Kollegen und den Sanitäter. Der Gefangene hatte sich beim Randalieren verletzt, eine Scheibe war schon zu Bruch gegangen. Der herbeigerufene Notarzt hielt eine umgehende Versorgung im Krankenhaus für erforderlich, weigerte sich jedoch, den immer noch aufgebrachten Mann im Notarztwagen zu transportieren.

Da ich mich noch in der Anstalt befand, wurde ich angerufen. Der Gefangene sollte mit zwei Bediensteten in unserem Fahrzeug transportiert werden. Sie befürchteten, daß er im Krankenhaus randalieren würde, durch den Alkohol war er uneinsichtig und renitent. Es könne aber nicht gewartet werden, bis die enthemmende Wirkung des Alkohols nachlasse, da der Mann stark blute. Zu zwei weiteren Gefangenen aus dem offenen Vollzug habe der Mann einen guten Kontakt, vielleicht würde er in seiner alkoholbedingten Reizbarkeit gelassener werden, wenn die Gefangenen mitführen. Ich stimmte zu. Der Gefangene konnte im Krankenhaus ohne weitere Zwischenfälle behandelt werden.

»Focus« schrieb folgendes:
Die Freiheiten gehen so weit, daß Anstaltsleiterin Katharina Bennefeld-Kersten einen von Beamten beaufsichtigten Gefangenen-Krankentransport um zwei Häftlinge aus dem offenen Vollzug ergänzen ließ, zur »Beruhigung des Kranken«, hieß es.
*»Jetzt nehmen schon Insassen unsere Aufgaben wahr«, wettert der Vollzugsbedienstete Heinz C.** (* Name von der Redaktion geändert) *zornig.*

JVA Celle II. Hier sitzen 186 Verbrecher. Totschläger, Sexualtäter, Dealer, Räuber, durch-

schnittliche Haftstrafe: sechs Jahre. Ausgerechnet hier praktizieren die Justizbehörden den liberalen Strafvollzug … Dazu gehört das Vertrauen in die Häftlinge. Daran hält sich auch die Anstaltsleiterin. »Völlig unbedenklich« sei daher die Begleitung des Krankentransportes durch zwei Mitgefangene, so Bennefeld-Kersten.

Rechtlich ein Grenzfall: Aufsicht und Bewachung obliegen ausschließlich Beamten. »Bei Betreuung muß die Anstalt mindestens prüfen, ob die Gefangenen geeignet sind«, so ein Hamburger Strafvollstreckungsrichter. »Das hätten wir in Bayern nicht gemacht«, weiß Johann Zwickl, Vorsitzender des Landesverbands Bayerischer Vollzugsbediensteter.

Der offene Vollzug dient der Entlassungsvorbereitung. Er wird in einem vor der Anstalt gelegenen Haus praktiziert, das zwar vergitterte Fenster hat, aber weder von Mauern noch von einem Zaun umgeben ist. Dort sind Gefangene untergebracht, die nach einer Erprobungsphase ohne Aufsicht die Anstalt im Wege des Tagesausgangs oder Urlaubs verlassen können. Einige arbeiten in einem anstaltseigenen Betrieb, andere sind als sogenannte Freigänger bei einem Arbeitgeber außerhalb der Anstalt beschäftigt oder absolvieren eine Ausbildung. Auf diesem Wege können der Freiheit Entwöhnte sich Schritt für Schritt wieder mit dem Leben draußen vertraut machen.

Entlassungsvorbereitung

Im Strafvollzugsgesetz ist die Entlassungsvorbereitung geregelt:

§ 15 Entlassungsvorbereitung
(1) Um die Entlassung vorzubereiten, soll der Vollzug gelockert werden …

(2) Der Gefangene kann in eine offene Anstalt oder Abteilung (§ 10) verlegt werden, wenn dies der Vorbereitung der Entlassung dient.

Eine zeitige Freiheitsstrafe kann noch so lang sein, irgendwann wird der Gefangene entlassen. Der Prozeß der Wiedereingliederung in die Gesellschaft wird naturgemäß mit zunehmender Dauer des Freiheitsentzuges langwieriger und komplizierter. Jeder kann sich vorstellen, wie schwierig es allein wäre, einen Beruf, den man einmal gelernt hat, nach längerer Zeit der Abstinenz wieder auszuüben. Die Arbeitstechniken und -materialien sind andere, und jeder Fachmann würde sofort erkennen, daß ein unbedarfter Neuling am Werk ist.

Viele derer, die nach einer längeren Inhaftierung entlassen werden, sind auch Neulinge im Erleben des gesellschaftlichen Geschehens. Sie sind mit dem selbstbestimmten Handeln der Menschen in Freiheit nicht mehr vertraut. Das Handwerkszeug, das früher einmal dem Erhalt der eigenen sozialen Welt diente, ist verrostet und veraltet. Und draußen hat sich in den Jahren viel verändert; die Familie, die Frau, die inzwischen an ein selbständiges Leben gewöhnt ist,

Kinder, die groß geworden sind, Nachbarn und Freunde, die es nicht mehr gibt. Technische Neuerungen des praktischen Lebens, die auch Nie-in-Haft-Gewesene ab und an vor unlösbare Rätsel stellen. Daß es Geldautomaten gibt, hat sich allmählich herumgesprochen, aber in einer fremden Stadt mit einem öffentlichen Verkehrsmittel zu fahren, bedeutet schon ein kleines Abenteuer. Selbst wenn es einem gelungen ist, mit dem Fahrkartenautomaten so weit ins Gespräch zu kommen, daß man ihm die richtige Karte abringen konnte und diese auch dem Schaffner mit einem gewissen Hochgefühl präsentiert, kann es passieren, daß man DM 40,– bezahlen muß, wenn der Schaffner ein Kontrolleur und die Karte nicht abgestempelt war.

Auch die Obst- und Gemüseabteilung eines Supermarktes stellt an die Findigkeit ihrer Käufer manchmal recht hohe Anforderungen. Es ist niemand zu sehen, der die Bananen abwiegen und auszeichnen könnte. Hat man begriffen, daß man mit der Bananennummer eine Computerwaage füttern muß, sucht man im nächsten Supermarkt vergeblich, weil dort wieder an der Kasse ausgewogen wird. An diese traut man sich jedoch gar nicht heran mit der unausgezeichneten Ware, weil womöglich die Kassiererin mit einem Stoßseufzer ihren Platz verlassen und zum Auswiegen gehen müßte. Und jeder der in der Schlange Wartenden würde mit einer gewissen Befriedigung feststellen, wie unwissend man ist.

Diese Reihe ließe sich endlos fortsetzen, wenn den Gefangenen nicht ein eigenes Fernsehgerät gestattet würde. Dieses dient nicht nur dem Zeitvertreib, es hilft auch, die Welt draußen nicht ganz aus den Augen zu verlieren.

In dieser und der Nachbaranstalt arbeiten Angehörige einer Einrichtung, die sich »Brückenbau« nennt. Der Name kennzeichnet ihr Anliegen: Brücken bauen. Brücken aus dem Gefängnis in die Freiheit, Brücken zwischen den Gefangenen und der Gesellschaft. Das Bild der Brücke ist ein sehr eindringliches und realistisches. Weil es im übertragenen Sinn deutlich macht, daß Gefangene, die über keine Brücke in die Freiheit entlassen werden, Gefahr laufen, den Sprung nicht zu schaffen. Sie stürzen ab, bevor sie den Boden der Freiheit unter den Füßen haben.

In dieser Einrichtung sind Mitarbeiterinnen und Mitarbeiter tätig, die schon vor der Entlassung eines Gefangenen Kontakt zu ihm aufnehmen, ihn beraten und bei den ersten Schritten nach draußen begleiten. Sie unternehmen gemeinsame Ausflüge, veranstalten Sport- und Gesprächsgruppen, bieten Wochenendseminare und vieles mehr an. Kurz, sie sind die Brücke, auf der der Gefangene einigermaßen stabil nach draußen gelangen kann, wenn er diese Möglichkeit für sich zu nutzen versteht. Manchmal ist die Brücke sehr lang, manchmal kurz, und manchmal reicht es auch, die Gefangenen nur an die Hand zu nehmen. Für Gefangene, die keine Kontakte mehr nach draußen haben – oder nur solche, die in unseren Augen nicht wünschenswert sind –, eine nicht nur sinnvolle, sondern notwendige Einrichtung.

Der Dienst an der Gesellschaft kostet jedoch auch

Geld. Geld, das die meist ehrenamtlich Tätigen nicht auch noch aufbringen können. Staatliche Zuschüsse wurden – wie auch für andere soziale Einrichtungen – erheblich gekürzt. Spenden fließen spärlicher, auch draußen sind die Menschen nicht auf Rosen gebettet. Aber noch hoffen wir, daß die Brücken nicht zusammenbrechen. Die Rückkehr in die Gesellschaft, zu einem eigenverantwortlichen Leben, wäre für viele Gefangene ein steiniger Weg. Auch wenn man Gefangenen durchaus zumuten kann, die Steine, die sie behindern, selbst aus dem Weg zu räumen, werden es viele auch bei gutem Willen ohne Hilfe nicht schaffen. Und daß sie es schaffen, muß unser Interesse, das Interesse der Gesellschaft sein. Denn dahin kommen sie zurück, ob mit Brücke oder ohne, ob uns das gefällt oder nicht.

Bevor ein Gefangener in den offenen Vollzug verlegt wird, muß er sich in der Regel in einem stufenweise aufgebauten Lockerungsprogramm bewährt haben. Zu einem Lockerungsprogramm gehören Ausgänge in Begleitung von Bediensteten, Ausgänge in Begleitung von Angehörigen/Kontaktpersonen/Mitarbeitern vom Projekt »Brückenbau«, Ausgänge ohne Begleitung und schließlich Urlaub über mehrere Tage. Hat er diese Lockerungen ohne Beanstandungen – pünktliche Rückkehr, kein Alkoholgenuß, kein Drogenkonsum – absolviert, wird die Verlegung in den offenen Vollzug geprüft. Wenn er sich dort als hinreichend zuverlässig erweist, könnte ihm ein Ausgangskontingent von bis zu vierzig Stunden im Monat eingeräumt werden, das er sich selbst – außerhalb der Arbeitszeiten – einteilen kann. Bei weiterer erfolgreicher Erprobung könnte er den höchsten Freiheitsgrad innerhalb des Vollzuges erreichen und Freigänger werden.

Ein Freigänger ist ein Gefangener, der einem ganz normalen Arbeitsverhältnis außerhalb der Anstalt nachgeht. Der Arbeitsverdienst wird der Anstalt überwiesen, der Gefangene muß gegebenenfalls Unterhalt an die Familie und einen Haftkostenbeitrag zahlen und sonstige Schulden begleichen. Er muß sich auch selbst verpflegen und kann sich so, noch unter der Aufsicht des Vollzuges, auf ein eigenverantwortliches Leben vorbereiten. Wenn er allerdings versagt, wird er, je nach Schwere des Vorfalls, entweder im Freiheitsgrad zurückgestuft oder aus dem offenen Vollzug abgelöst.

Der besagte Gefangene wurde in den geschlossenen Vollzug zurückverlegt.

Mit welchen Maßnahmen auf ein Versagen reagiert wird, ist – sehr zum Leidwesen der Gefangenen – im Einzelfall zu entscheiden. Die Gefangenen hätten lieber einen Maßnahmekatalog, um zu wissen, wie die Preise sind. Auch wir könnten uns die Entscheidung damit leichter machen, würden dem Einzelfall jedoch nicht mehr gerecht.

Wir können nur die Vorfälle ahnden, die uns bekannt geworden sind. Bei Freigängern wird der Arbeitseinsatz stichprobenartig kontrolliert, Vollzugslockerungen werden in der Regel nicht kontrolliert. Der Einsatz von Detektiven wäre sicher in manchen Fällen aufschlußreich, wäre allerdings zu teuer. In Einzelfällen kann angeordnet werden, daß sich der Gefangene täglich bei der zuständigen Polizeidienststelle meldet, aber auch das bietet keine Sicherheit für einwandfreies Verhalten.

Wir versuchen, eine vollzugliche Perspektive zu entwickeln: Ausbildung, Arbeitseinsatz, Einbindung in Gesprächsgruppen etc. Je zuverlässiger sich der Gefangene erweist, je erfolgreicher er sich um die Regelung seiner Angelegenheiten bemüht, desto größer werden seine Aussichten auf eine vorzeitige Entlassung. Aber erst dann können wir letztlich sagen, ob er in der Lage war, längerfristig auf ein Ziel hinzuarbeiten. Wir sind keine Hellseher und können die Vielfalt der Versuchungssituationen, denen der Gefangene draußen begegnen mag, nicht vorhersehen. Und die Einschätzung wird um so schwieriger, je mehr Drogenkonsumenten inhaftiert werden. Drogenkonsumenten, die nicht gerade zu den Zuverlässigsten zählen und die für die Beschaffung der Drogen auch mal Mitgefangene einspannen.

Aber auch wenn ein Gefangener die zurückerlangten Freiheiten nicht für die Begehung von Straftaten mißbraucht, sondern gegen Regeln verstoßen hat, ist die Rückverlegung in den geschlossenen Vollzug eine mißliche Situation. Der Gefangene hat damit deutlich gezeigt, daß er sich nicht an die Vereinbarungen gehalten hat, und wenn Gefahr besteht, daß er – beispielsweise unter Alkoholeinfluß – Straftaten begehen würde, wird sich für ihn das große Tor nicht so schnell wieder öffnen.

Mit einem anderen Beispiel wurden die »Focus«-Leser über den therapeutischen Anspruch im »übertrieben liberalen Strafvollzug« informiert:

Der Gefangene ... genoß nach seinem Herzinfarkt eine besondere »therapeutische Maßnahme«: Er durfte den Mischlingshund der Leiterin täglich mehrere Stunden ausführen.

Dies war den »Bild«-Lesern schon als skandalträchtig bekannt. Ob man befürchtete, mein Hund könnte den im offenen Vollzug untergebrachten Gefangenen zu Straftaten verleiten?

Der Gefangene hatte zwei Herzinfarkte erlitten und war nach seiner Behandlung auf der Intensivstation wieder in die Anstalt zurückgekehrt. Wegen seines eingeschränkten Gesundheitszustandes und der Tatsache, daß er – am Stock gehend – in seiner Bewegungsfreiheit stark eingeschränkt war und sich aus Sicht der Mediziner möglichst viel im Freien aufhalten und bewegen sollte, wurde seine Verlegung in den offenen Vollzug geprüft. Mit kriminellen Aktivitäten oder einer Flucht war bei ihm schon aufgrund seiner körperlichen Verfassung nicht zu rechnen. Er hatte früher selbst Hunde gehabt und bat mich, auf seinen medizinisch verordneten Gängen meinen Hund mitnehmen zu dürfen. Da mein Hund für die Begehung von Straftaten denkbar ungeeignet ist – er würde beim Schmierestehen jeden etwaigen Einbrecher durch ungeduldiges Bellen melden –, hatte ich keine Bedenken. Die beiden ergingen sich also bei Wind und Wetter in der Natur, für den Gefangenen, der damals noch kaum Kontakte hatte, eine günstige Gelegenheit, sein Vierzigstundenkontingent sinnvoll und der Gesundheit dienlich zu verbringen. Bruno – auch nicht mehr der Jüngste – schien nicht unglücklich, als er das Lauftraining wieder einstellen mußte, weil der Gefangene Arbeit und andere Kontakte fand. Der Gefangene ist inzwischen entlassen. Das war die »therapeutische Maßnahme« der Anstaltsleiterin. Der Bund der Steuerzahler hätte seine Freude an einer so günstigen Rehamaßnahme gehabt.

Bei der weiteren Lektüre des Artikels begann ich mich zu fragen, ob ich überhaupt mit den Redakteuren gesprochen hatte. Oder hatte ich mich zu kompliziert ausgedrückt?

Der Fall ...: Am 14. Oktober 1995 floh der Schwerverbrecher während eines Arztbesuches. Auf Anweisung der Anstaltsleitung wurden ihm keine Fesseln angelegt, obwohl er bereits viermal geflüchtet war und jedesmal weitere Straftaten begangen hatte.

Bei dem »Schwerverbrecher« handelte es sich um einen Mann, der wiederholt Eigentumsdelikte begangen hatte und sich das erstemal im Strafvollzug befand. Dort hatte er erhebliche Schwierigkeiten, sich zu behaupten, machte es den Bediensteten nicht leicht und fand auch unter den Gefangenen kaum Freunde. Richtig ist, daß er sich sogenannten Nachschlag holte, indem er wiederholt entwichen war, neue Straftaten begangen hatte, und daß die ursprünglich recht kurze Freiheitsstrafe immer länger wurde.

Nachdem er 1994 und 1995 mehrfach zum Arzt ausgeführt werden mußte und die Ausführungen – ungefesselt – nicht zur Flucht genutzt hatte, fand Mitte des Jahres 1995 – ohne meine Anwesenheit – seine »Vollzugsplanung« statt.

Vollzugsplanung

Vollzugsplanungen werden für alle Gefangenen, in der Regel in jährlichen Abständen, vorgenommen. Dazu versammeln sich die Bediensteten, die mit dem jeweiligen Gefangenen zu tun hatten, in einer Konferenz und erörtern den weiteren Werdegang. Die Konferenzen werden vorbereitet durch die Auswertung der Personalakten, Gespräche mit den Gefangenen über ihre Vorstellungen und Anfragen bei den Staatsanwaltschaften, Polizei- und gegebenenfalls den Ausländerbehörden. Die Anfragen sollen sicherstellen, daß bei einer eventuellen Gewährung von Lockerungen (Ausgang und Urlaub) auch Erkenntnisse anderer an der Strafverfolgung oder Entlassung beteiligter Behörden berücksichtigt werden. Sofern es erforderlich ist, werden noch Kontaktgespräche mit Angehörigen geführt und die Gefangenen durch einen Psychiater begutachtet.

In der Konferenz trägt der Abteilungsleiter das Ergebnis der Erhebungen vor und macht Vorschläge zum weiteren Vollzugsverlauf. Mitarbeiter und Mitarbeiterinnen des psychologischen, sozialen und pädagogischen Dienstes, des Sicherheitsdienstes, der Suchtberatung und des allgemeinen Vollzugsdienstes ergänzen die Ausführungen des Abteilungsleiters und machen ihrerseits Vorschläge zur weiteren Gestaltung. Der Gefangene kommt in die Konferenz und kann seine Vorstellungen darlegen. Der Vollzugsleiter entscheidet letztlich über die Planung. Ist bei Gefangenen mit schwerwiegenden Delikten (Mord, Totschlag, Raub, Sexualdelikte) der Einstieg in Vollzugslockerungen geplant, muß die Anstaltsleitung zustimmen.

Natürlich ist die für den Gefangenen wichtigste Frage, ob er Ausgang oder Urlaub erhält und wann er in den offenen Vollzug verlegt wird. Und natürlich sind aus seiner Sicht Zweifel an seiner Zuverlässigkeit nicht angebracht. Es kommt aber auch vor, daß Gefangene keine Lockerungen in Anspruch nehmen wollen, weil sie befürchten, den Rückweg nicht zu schaffen, oder um deutlich zu machen, daß wir bereits alles zerstört haben. Ihre sozialen Beziehungen, ihre Berufspläne oder ihre Therapiebereitschaft. Nichts ist mehr vorhanden oder noch realisierbar, jetzt ist es für Vergünstigungen zu spät. Ein durchaus bequemer, aber nicht ungefährlicher Weg. Haben doch die anderen schuld, wenn sie wieder rückfällig werden. Es enthebt der Mühsal, selbst Anstrengungen unternehmen zu müssen. Eine menschliche Schwäche, die auch Nichtgefangene pflegen. Draußen hat man für die Schuldzuschreibung die Ehefrau, den Ehemann oder wer sonst noch in Frage kommt. Die Gefangenen haben dafür nur uns, wenn sie sich selbst außer Betracht lassen.

Kein Wunder, daß die Schuldfrage auch bei Vollzugsplanungen oft heiß diskutiert wird, gerade dann, wenn es um Lockerungen geht. Es kommt schon vor, daß wir nichts anderes tun können, als die Gefangenen vor den Versuchungen der Freiheit zu bewahren. Wir wissen aber auch, daß diese Art der Bewahrung nur ein verordneter Schonraum ist. Wir sorgen durch die Versagung von Lockerungen für den »Schutz der Allgemeinheit vor weiteren Straftaten« (§ 2 (2) Strafvollzugsgesetz), jedenfalls für die Dauer des Vollzuges. Wir geben dem Gefangenen damit aber die ideale Möglichkeit, sich aus der Pflicht zu stehlen. Aus der Pflicht, Verantwortung für sein Leben, für sein Handeln zu übernehmen. Den nächsten Versuch können wir dann unternehmen, wenn er erneut inhaftiert wird.

Das Strafvollzugsgesetz betrachtet die Lockerungen nicht als Vergünstigung, sondern als Behandlungsmaßnahme, die neben anderen Maßnahmen der Wiedereingliederung dienen soll. Die Gefangenen betrachten die zeitweilige Zurückerlangung der Freiheit unter den gegebenen Umständen natürlich als eine Vergünstigung. Warum sollte der für jeden Menschen selbstverständliche Aufenthalt in der Freiheit für sie plötzlich zu einer Behandlungsmaßnahme werden?

Bei der Abwägung der Gründe, die für und gegen Lockerungen sprechen, spielen das Strafmaß, eine mögliche Suchtproblematik und vor allem das Delikt eine große Rolle. Je näher der Entlassungstermin heranrückt, desto großzügiger muß jedoch die Rückübertragung der Eigenverantwortung gehandhabt werden. Im geschlossenen Vollzug sind die Gefangenen weitgehend entmündigt, nicht durch gesetzliche Vorgaben, sondern durch die Realität. Alles, was sie wollen, von Briefmarken angefangen, über private Bettwäsche bis hin zu Telefonaten mit oder Besuchen von Angehörigen, müssen sie beantragen. Dann wird über ihr Anliegen entschieden.

Sie können nicht einfach auf den Hof gehen, wenn das Wetter schön ist, das ist nur während der Freistunden oder Sportzeiten erlaubt. Sie können auch nicht ohne weiteres Gefangene auf anderen Stationen besuchen oder außerhalb der Aufschlußzeiten die Duschen oder Teeküchen benutzen. Alles, was nicht schon geregelt ist, wird im Einzelfall entschieden – von den Bediensteten natürlich.

Unter den derzeitigen Bedingungen der räumlichen und personellen Ausstattung des geschlossenen Normalvollzugs ist von den Gefangenen auch nicht zu erwarten, daß sie sich bei der eigenen Gestaltung ihres Tagesablaufs das Erlernen sozialer Verantwortung und das gedeihliche Zusammenleben in der Gemeinschaft auf die Fahnen heften. Dafür müssen wir schon sorgen.

Die Gefangenen haben uns auch nicht aufgesucht, um Hilfestellung bei ihrer Lebensbewältigung zu erfahren. Sie haben Straftaten begangen, dafür wurde ihnen die Freiheit entzogen, und damit würden sie das Thema am liebsten beenden. Da sie auch das Strafvollzugsgesetz kennen, appellieren sie an unsere Aufgabe, sie zu resozialisieren, und es ist manchmal nur unter erheblichem Einsatz der Bediensteten und manchmal gar nicht möglich, ihnen deutlich zu machen, daß letztlich sie selbst die Verantwortung für ihr weiteres Leben haben. Daß sie sich entscheiden müssen, ob sie ihren bisherigen Weg nach ihrer Entlassung fortsetzen und damit zum Dauergast bei uns werden oder etwas dafür tun wollen, draußen auf eigenen Füßen zu stehen und ihr Leben verantwortlich zu gestalten. Letzteres stellt man sich im Gefängnis einfacher vor, als es dann tatsächlich ist, aber wir können sie dabei beraten und unterstützen, und manchmal klappt das recht gut.

Wie zum Beispiel mit dem Gefangenen XY. Gerade in der Zeit, in der einige Journalisten anonyme Informationen unzufriedener Bediensteter gerne aufgriffen, stand für den Gefangenen XY die Vollzugsplanung an. Diesesmal war ich anwesend. Herr XY hatte aufgrund seiner Vorgeschichte – er war aus einer geschlossenen Anstalt befreit worden und hatte sich ins Ausland abgesetzt – keine Chance auf Vollzugslockerungen. Er selbst hatte sich auch keine Hoffnungen gemacht, so daß das Thema Lockerungen schnell abgehandelt war.

Wir sprachen über seine Kontakte nach draußen, er war verheiratet und hatte vier Kinder im Alter von sieben bis fünfzehn Jahren. Seine Familie hatte ihn regelmäßig in der Anstalt besucht. Herr XY teilte mit, daß seine Familie die Besuche einstellen müsse, da seine Frau schwer erkrankt sei. Wegen ihrer Erkrankung sei er auch nach Deutschland zurückgekehrt, dann allerdings festgenommen worden. Dem vorgelegten Attest war zu entnehmen, daß seine Frau nicht mehr lange zu leben hatte. Als der Gefangene längst die Konferenz verlassen hatte, saßen wir noch zusammen, diskutierten, ob wir es wagen konnten, ihn mit dem Ziel, Ausgänge zu gewähren, ausführen (ständige Begleitung eines Bediensteten) zu lassen. Würde er erneut ins Ausland flüchten, würde jeder sagen: »Das war doch klar«. War er nun fluchtgefährdet, oder war er es nicht?

Es war schwer einzuschätzen, seine Familie schien ihm wichtig zu sein, und dennoch war er ins Ausland gegangen und verfügte dort über gute Kontakte. Wir machten uns selbst ein Bild von den häuslichen Verhältnissen und gewährten dem völlig überraschten Gefangenen eine Ausführung. Er erwies sich als zuverlässig. Als seine Frau starb, hatte er Urlaub und dafür gesorgt, daß sie nicht im Krankenhaus, sondern im Kreis der Familie die letzten Tage verleben konnte. Aus diesem Urlaub kehrte er einen Tag früher zurück aus Sorge, nicht an der Beerdigung teilnehmen zu können. Herr XY ist inzwischen vorzeitig entlassen worden und kümmert sich um die Erziehung seiner Kinder. Ab und an meldet er sich, berichtet über Fortschritte, das Hausmanndasein fällt ihm nicht ganz leicht. Vielleicht wird er zu der Gruppe ehemaliger Gefangener gehören, die nicht in den Knast zurückkehrt.

Es ist nicht immer ganz einfach, aber notwendig, sich bei der Entscheidung über Lockerungen weder von dem vollzuglichen Wohlverhalten des Gefangenen beeindrucken zu lassen noch von der zu erwartenden Kritik der Presse, falls der Gefangene versagt. Sicherheit, die der Absicherung dient, kann zur Unsicherheit werden.

In der Vollzugsplanung werden nicht nur Lockerungen erörtert, der Arbeitseinsatz wird besprochen, Maßnahmen der Aus- und Fortbildung, die Notwendigkeit einer therapeutischen Maßnahme und der Suchtberatung, Kontakte, die noch vorhanden oder aufzubauen sind.

Auch für den in »Focus« genannten »Schwerverbrecher« wurde im Vollzugsplan eine Ausbildungsmaßnahme geplant. Noch ca. zwei Jahre, dann hatte er zwei Drittel seiner Haftzeit verbüßt. Ein entscheidender Zeitpunkt für alle Gefangenen, denn dann entscheidet das Gericht, ob sie vorzeitig entlassen werden können. Da sich der besagte Gefangene seit mehr als einem Jahr in Ausführungen zu Fachärzten ohne Fesselung als hinreichend zuverlässig erwiesen hatte, wurde der vorsichtige Einstieg in Vollzugslockerungen – Ausgänge in Begleitung von Bediensteten – geplant. Auch diese verliefen ohne Beanstandungen, drei Monate später entwich er jedoch erneut bei einer Arztvorführung.

Die Fesselung eines Gefangenen darf nur angeordnet werden, wenn die Annahme einer Flucht hinreichend begründet ist, wenn man konkrete Hinweise auf eine Fluchtabsicht hat. Solche und andere Vollzugsentscheidungen kann ein Gefangener von einem Gericht mit einem »Antrag auf gerichtliche Entscheidung« überprüfen lassen. Jedes Gericht würde die Entscheidung, einen Gefangenen für alle Fälle zu fesseln, aufheben.

Meine Darstellung fand bei den »Focus«-Journalisten offenbar keinen Anklang. Schade, ich hatte mir wirklich Mühe gegeben.

Rückkehr in den Knast

Nach einem solch einschneidenden Ereignis muß man erst einmal Abstand gewinnen, das traumatische Erlebnis verarbeiten. Raus aus dem Geschehen, einige Wochen Urlaub nehmen, jeder hätte es verstanden. Ich wollte aber keinen Urlaub, ich wollte keine Auszeit nehmen. Warum sollte ich das tun? Es ging mir recht gut, für mich war der Ausgang der Geiselnahme ein Sieg nach Punkten. Wir hatten einstecken müssen, aber eine bedrohliche Situation überlebt. Das war entscheidend. Es war ein zweiter Geburtstag, das Leben hatte seine Selbstverständlichkeit verloren und durch bewußte Wahrnehmung gewonnen.

Ich war Anstaltsleiterin und wußte, daß die Wogen erst nach einem solchen Geschehen hochschlagen und in ihrer Unberechenbarkeit Schaden anrichten können. Der Anstalt wurde in der Öffentlichkeit der Stempel des Chaotenhauses aufgedrückt, der läßt sich nicht so einfach durch nachgeschobene Richtigstellung wegwischen. Der Druck war hoch, und alles, was wir in der Anstalt brauchten, war Ruhe.

Doch auch das Ministerium, die Ministerin standen unter Beschuß und mußten ihren Kurs, keine vorschnellen Konsequenzen zu ziehen, behaupten.

Hannoversche Allgemeine Zeitung, 29. 2. 1996

Die politischen Wogen, die die erneute Geiselnahme in einem niedersächsischen Gefängnis ausgelöst hat, sind damit jedoch noch lange nicht geglättet. Am

Dienstag hatte Justizministerin Heidi Alm-Merk Konsequenzen aus den Vorfällen abgelehnt. Einen Tag später kamen andere Töne aus dem Ministerium. Es müsse überlegt werden, hieß es von Vertrauten der Ministerin, ob mit Gewalttätern im Vollzug anders umgegangen werden müsse. Ein Ministeriumssprecher kündigte eine »offene Diskussion« über die Frage an, wie Frauen im Vollzug mit Schwerverbrechern eingesetzt werden.

Vor dem Hintergrund, daß eine Vergewaltigung im Rahmen einer Geiselnahme ein »Vollzugsnovum« war, hielt ich eine »offene Diskussion« mit weiblichen Bediensteten für durchaus angebracht. Zumal die Ministerin in regelmäßigen Abständen Gespräche mit dieser Bedienstetengruppe zu führen pflegte. Es fügte sich jedoch, daß die Ministerin nicht nur über die »Waffensammlung«, das Ergebnis des von ihr favorisierten liberalen Strafvollzuges, zu stolpern drohte, sondern offenbar auch die Gefahr für Frauen im Vollzug unterschätzt hatte.

Um deutlich zu machen, wie gefährlich Frauen im Vollzug leben, mußte nur eine Nuance verändert werden, und schon war die Geiselnahme der zweite Überfall auf mich:

Bild-Zeitung, 28. 2. 1996

Für die Anstalts-Chefin war's der 2. Überfall. Erst im November 1995 wurde sie von einem Drogen-Häftling mit einer Rasierklinge bedroht – er verlangte Methadon. Nach 30 Minuten hatte sie ihn zur Aufgabe überredet.

RTL Aktuell, 28. 2. 1996
Die Celler Gefängnisdirektorin Katharina Bennefeld-Kersten war nun schon zum zweitenmal in der Gewalt eines Schwerverbrechers.

Ich hatte mich weder in der Gewalt des Gefangenen befunden, noch hatte er mich bedroht. Er hatte *sich* die Rasierklinge an die Halsschlagader gehalten und drohte durchzuziehen. Aber diese Version paßte nicht zum Trend: keine Frauen im Vollzug, keine Vergewaltigung.

Weiblichen Bediensteten wurde nach den Presseveröffentlichungen von fürsorglichen Mitmenschen ein Wechsel des Arbeitsplatzes nahegelegt, verständlich, denn offenbar bestand Grund zur Sorge. Aber auch männliche Bedienstete hatten es zum Teil nicht leicht, ihre Stellung als Angehörige der JVA Salinenmoor – des »Tollhauses« und »Schloßhotels« – zu behaupten.

Bild-Zeitung, 28. 2. 1996
Wärter gab Häftling 20 Messer für Party, … Ein Beamter: »Die Insassen verhöhnen uns als Butler, fragen grinsend, wann sie wieder zur Streichelwiese dürfen.«

Ich baute darauf, daß die männlichen und weiblichen Bediensteten, die die Geiselnahme als ein Geschehnis erlebten, das wir nur gemeinsam aufarbeiten konnten, in der Überzahl waren. Und die Ereignisse gaben mir recht.

Mit dieser Zuversicht, aber dennoch von Zweifeln

geplagt, fuhr ich am dritten Tag wieder in die Anstalt. Auf dem Weg dorthin begegnete mir, wie häufig auf meinen morgendlichen Fahrten, der Gefangenentransportwagen, vermutlich wieder auf dem Weg zur Post. Wie immer, wenn wir uns in der Stadt begegneten, ein freundliches Zuwinken, so auch an diesem Morgen. Es war wie vorher, und es tat mir gut.

Ich parkte meinen Wagen ein und registrierte, daß die Pforte, durch die ich gleich gehen würde, kein Hindernis für mich war. Als Psychologin wußte ich, daß die Rückkehr an den Ort eines traumatischen Geschehens oft mit innerer Anstrengung verbunden ist. Nein, ich hatte kein Problem, freute mich, die Menschen wiederzusehen, mit denen ich gern zusammenarbeite. Freundliche Begrüßung in der Außenpforte, ich ließ mir meinen Schlüssel geben und ging über den Hof, wie jeden Morgen. Die hilfreiche Routine des Alltags, kurze Information in der Innenpforte, dann in der Oberaufsicht über aktuelle Ereignisse, die schon geregelt waren oder noch der Klärung bedurften.

Meine Sekretärin – kein Mensch, der viel Worte macht: Wir umarmten uns und wußten, daß es gut war so. Es war wie ein Geburtstag, Glückwünsche, Freude über meine Rückkehr, ich erhielt kleine Geschenke. Jedes für sich war eine persönliche Mitteilung, von den Schenkenden sorgfältig ausgesucht.

In der Begegnung mit Frauen hatte ich das Gefühl, daß sie meine Zuversicht teilten. Die Männer waren, von Ausnahmen abgesehen, anfangs zurückhaltender in der Einschätzung, ob ich das alles so packe, vorsichtiger.

Was eigentlich an dem Abend vor drei Tagen passiert war, wußten sie nicht so genau: ein geeignetes Feld für Gerüchte verschiedenster Art. Ich entschloß mich, für den Frühdienst und auch für den Spätdienst eine Dienstversammlung einzuberufen, die Bediensteten selbst zu informieren, und ich spürte, daß es mir nicht ganz leichtfiel. Es war einfacher, jedem einzelnen zu begegnen, als der versammelten Mannschaft gegenüberzustehen und die richtigen Worte zu finden.

Ich berichtete den Ablauf, kaum jemand rührte sich, aufmerksam blickten sich mich an. Als ich geendet hatte, spendeten sie spontan Beifall. Das Eis, sofern es welches gegeben hatte, war gebrochen, sie hatten akzeptiert, daß ich wieder da war. Die Selbstverständlichkeit, mit der sie mir als Anstaltsleiterin begegneten, war unglaublich hilfreich und machte mir bewußt, daß ich mit meiner schnellen Rückkehr auch viel für mich selbst getan hatte.

Auch die Gefangenen hatten die Geiselnahme, wenn auch hinter verschlossenen Türen, miterlebt. Ich sprach mit Vertretern der Gefangenenmitverantwortung, gewählten Sprechern der Gefangenen. Keine Frage, sie distanzierten sich von der Geiselnahme, und es war in Ordnung, daß ich wieder da war. Sie hatten mir einen Strauß Blumen überbringen lassen. Für den Geiselnehmer war es nur gut, daß er in einer anderen Anstalt untergebracht worden war, sie waren nicht gut auf ihn zu sprechen. Erstens, weil sie die Tat verurteilten, und zweitens, weil sie einschränkende Sicherheitsmaßnahmen befürchteten.

Die ersten Tage waren hektisch und anstrengend.

Noch wußte man nicht so recht, ob und welche Konsequenzen aus diesem Ereignis gezogen werden würden. Um sie vor möglichen Nachahmern zu schützen, hatte man die weiblichen Bediensteten erst einmal von dem unmittelbaren Kontakt mit Gefangenen befreit. Die Gefangenen verhielten sich überwiegend ruhig in der Erwartung eines Sturmangriffs. Sie rechneten mit verstärkten Kontrollen und entledigten sich nicht genehmigter Gegenstände.

Die Stimmung in der Anstalt war wie auf einem Schiff, das nach einer Explosion auf hoher See seine Fahrt fortsetzt und dessen Kurs durch den Ausfall der Steuerungsinstrumente der Besatzung nicht bekannt ist. In einer solchen Situation ist es das gescheiteste, seine Arbeit ruhig und mit geschärfter Aufmerksamkeit zu verrichten, dann wird sich schon herausstellen, wohin die Reise geht. So verhielten sich auch die Bediensteten, unaufgeregt und routiniert sorgten sie dafür, daß in den folgenden Tagen unser Schiff keine Schlagseite bekam.

Die Justizministerin kam in die Anstalt und sprach zu den Bediensteten, stand für Fragen zur Verfügung und informierte sich über den aktuellen Stand. Jedem Bediensteten, ob männlich oder weiblich, wurde zugesagt, auf Wunsch eine Versetzung in eine andere Anstalt zu prüfen. Niemand hat diesen Wunsch im Anschluß geäußert. Dies ist um so bemerkenswerter, als viele Bedienstete durch die Negativschlagzeilen gerade in ihrem privaten Bereich dem Unverständnis der Außenstehenden ausgesetzt waren. Da man nicht davon ausgehen kann, daß der Traum eines jeden Bediensteten die Tätigkeit in der JVA Salinenmoor ist, war das ein Zeichen von Solidarität. In einer solchen Situation verläßt man die Anstalt nicht.

Auch die Medien gaben allmählich Ruhe. Die Ministerin war noch Ministerin, ich war noch Anstaltsleiterin und verweigerte immer noch Auftritte in Talk- und ähnlichen Showveranstaltungen. Obwohl doch alle nur daran interessiert waren, uns, die wir so böse in die Schlagzeilen gekommen waren, die Möglichkeit der Richtigstellung zu geben. Einige wenige meinten dies sicherlich ernst. Die Presseveröffentlichungen hatten jedoch Spuren hinterlassen. Wir saßen zusammen und überlegten, was wir zu einer Versachlichung der Information beitragen könnten. Wir rechneten damit, daß der Hauptverhandlungstermin nicht lange auf sich warten lassen würde, es gab ja nicht so viel zu ermitteln. Der Täter stand fest, die Opfer waren bekannt, den Ablauf hatte die Polizei weitgehend miterlebt. Wir nahmen uns vor, die unberechenbaren Medien einfach über unsere alltägliche Arbeit zu informieren, dann konnten sie sich selbst ein Bild machen. Der Prozeß ließ jedoch auf sich warten, der Täter mußte begutachtet werden, und alles brauchte seine Zeit.

Ich bekam Kenntnis von Überlegungen, mir einen Orden anzuheften. Es fällt mir schwer, Ordensverleihungen den gebührenden Respekt zu zollen, und nun sollte ich mich einer solchen Prozedur unterziehen. Ein Orden erinnert mich an tapfere Kriegsveteranen, aber ich war nicht im Krieg gewesen und fand es unangebracht. Ich bat darum, mir den Orden zu ersparen, es sei verschwendete Liebesmüh', ich würde ihn ohnehin nie tragen.

Dann erschien der bereits zitierte Artikel in der »Frankfurter Allgemeinen Zeitung«. *Ein Beispiel dafür, wie Mißstände, die nichts mit Geldmangel zu tun haben, unter den Teppich gekehrt werden, war die offizielle Reaktion auf die Gewaltorgie des Sexualmörders M. in Celle ... Gewarnt war die Ministerin damit zur Genüge. Doch es waren ihr Ziehkind und ihr Konzept, die da angegriffen wurden, und deshalb reagierte sie nicht.* Dem habe ich es zu verdanken, daß dieser Orden heute in meiner Schublade liegt.

Nach der Veröffentlichung wollte ich nur noch, daß der Vorwurf der Selbstverschuldung in das richtige Licht gerückt wird. Als eine Mitarbeiterin der Staatskanzlei mich zwecks Ordensverleihung anrief, hätte ich immer noch nein sagen können. Ich habe es nicht mehr getan. Damals habe ich es schwer ausgehalten, nicht nur deutlich machen zu müssen, daß ich die Vergewaltigung schon verkraften werde, sondern auch noch Schuldzuweisungen zu begegnen. Also habe ich mich in mein Ordensschicksal gefügt und muß sagen, daß die Verleihung zu meinen angenehmsten Erinnerungen zählt, weil der damalige Leiter der Staatskanzlei eine außerordentlich persönliche und authentische Art der Ordensverleihung hatte.

Die Berichterstattung in der örtlichen Presse war jetzt sachlich und inhaltlich korrekt, bis auf die »Bild-Zeitung«:

Bild-Zeitung, 8. 6. 1996

VERDIENSTORDEN FÜR KNAST-CHEFIN

Die Psychologiedirektorin war damals 4 Stunden in

der Hand des Geiselnehmers. Bevor sie ihn zur Aufgabe überreden konnte, hatte der Mann sie vergewaltigt.

In der Anstalt konnten wir jeden Tag mehr zu den Alltagsgeschäften zurückkehren. Die weiblichen Bediensteten verrichteten ihre Arbeit auf der Station auf ihren Wunsch hin wie vorher. Ich richtete, auch wie gehabt, meine Sprechstunde wieder ein und sprach mit den Gefangenen in meinem Büro. Die Bediensteten ließen mich gewähren, vergewisserten sich jedoch, wenn das Gespräch etwas länger dauerte, meines Wohlergehens. Ihre Sorge war verständlich, dennoch – meine Erfahrungen in Konfliktsituationen mit Gefangenen sind andere als die meiner männlichen Kollegen. Als Frau kann ich Gefangene, die sich oder anderen Gewalt androhen, häufig eher erreichen. Ich bin für sie keine physische Bedrohung, niemand, der gleich zugreifen und unmittelbaren Zwang anwenden wird. Erfahrungen, die hilfreich sind, aber keine Garantie für die Zukunft geben.

Inzwischen wußten wir, wie der Täter in den Besitz der Tatwaffe und des Besteckkastens gekommen war. Die Tatwaffe stammte noch aus alten Besteckbeständen, und der Besteckkasten war nach einem gemeinsamen Essen im Hof nicht zurückgegeben worden. Die Gefangenen wußten, daß der Besitz von Hartmetallbestecken nicht erlaubt war, aber sie zogen es natürlich vor, zum Schneiden von Brot und Fleisch ein Messer zu benutzen, das sich nicht schon nach dem ersten Schnitt verbog. Trotzdem hatten sie fast alle Metallgegenstände, die als

Waffe geeignet gewesen wären, abgegeben, der Rest wurde von den Bediensteten sichergestellt. Wir wußten aber auch, daß die Gefangenen in der Herstellung neuer Werkzeuge außerordentlich erfinderisch sind und eine waffenlose Anstalt Utopie bleiben wird.

Unsere Nachbesprechungen hatten drei mögliche Schwachpunkte ergeben: ein nicht vorhandenes Personennotrufsystem, einfache Zylinderschlösser und Büros, die nur einen Zugang haben.

Die Bereitstellung der finanziellen Mittel für ein Personennotrufsystem, das am Mann beziehungsweise an der Frau getragen wird, hatte die Ministerin bereits zugesagt. Die entsprechenden Schlösser waren durch doppelte Zylinderschlösser ausgetauscht worden, und die Bauarbeiten für die Verbindung mehrerer Büros miteinander hatten begonnen.

In dem Gefühl, daß alles wieder seinen alltäglichen Lauf nahm, saß ich am 11. 6. 1996 an meinem Schreibtisch, der Geschäftsleiter hatte mir gerade die Mappe mit der Tagespost gebracht. Ein Mitarbeiter trat ein.

Man habe eine Meldung über Funk erhalten, sie sei jedoch nicht vollständig gewesen. Den Bruchstücken habe man entnehmen können, daß auf unser Fahrzeug, den Gefangenentransportwagen, geschossen worden sei. Von Mitarbeitern der Justizvollzugsanstalt in Celle, die den Funkspruch aufgrund der räumlichen Nähe besser empfangen konnten, sei mitgeteilt worden, daß es einen Toten gegeben habe, vermutlich einen Gefangenen. Weitere Personen seien verletzt worden. Der Überfall sei wahrscheinlich vor dem allgemeinen Krankenhaus in Celle geschehen, es sei jedoch auch vom Josephstift die Rede gewesen.

Weitere verletzte Personen, das konnten nur Bedienstete sein. Ich erkundigte mich, wer sich in unserem Fahrzeug befunden hatte. Der Wagen hatte zu einer Arztvorstellung im allgemeinen Krankenhaus und einer Fahrt in die Stadt am Vormittag mit zwei Gefangenen und fünf Bediensteten die Anstalt verlassen. Wo sie sich jetzt befanden, war nicht bekannt. Über Funk konnten sie nicht erreicht werden, und ein Handy, das wir seit langer Zeit für Transporte gefordert hatten, besaßen wir nicht. Der Staat mußte sparen.

Ich sprach mich mit meinem Vertreter ab. Er hielt die Stellung, und ich fuhr mit dem Sicherheitsdienstleiter los. Wir machten uns auf die Suche, entschieden uns, zuerst ins Josephstift zu fahren, in der Hoffnung, dort die Bediensteten zu finden.

In der Aufnahme war Unruhe, fast das gesamte Personal des Krankenhauses schien hier versammelt. Ärzte versorgten Patienten, Schwestern trugen Apparate hin und her. Wir standen dort einen Moment ratlos und wußten nicht, wen wir ansprechen konnten, ohne die Arbeit zu behindern. Einer der Patienten wurde auf der Trage liegend an uns vorbeigeschoben. Ich erkannte einen der Bediensteten. Der Arm war umwickelt und hochgebunden. Er war ansprechbar, Gott sei Dank, ich hätte ihn umarmen mögen. Wir wechselten einige Worte. Der Fahrer des Wagens kam auf uns zu, er schien unverletzt, sah aber bedenklich blaß aus. Er berichtete kurz, was geschehen war. Jemand hatte in das vor dem allgemeinen Krankenhaus stehende Fahrzeug geschossen. Ein Gefangener sei den Schußverletzungen erlegen, die drei hinten sitzenden Bediensteten seien von Schüssen getroffen und verletzt worden. Der andere Gefangene und der Bedienstete, der auf dem Beifahrersitz gesessen hatte, seien unverletzt geblieben.

Ein Arzt kam auf uns zu, er war der Leiter des Krankenhauses. Die Erstversorgung der Patienten war abgeschlossen. Trotz aller Hektik strahlte er Ruhe aus. In einem Nebenraum unterrichtete er mich kurz. Nach den Erkenntnissen, die man bis dahin hatte gewinnen können, hatten die Bediensteten Glück im Unglück gehabt. Keiner schwebte in Lebensgefahr, und es bestand eine gute Chance, daß die erlittenen Verletzungen keine schweren Folgeschäden nach sich ziehen würden. Der Gefangene sei schon tot gewesen, als das Fahrzeug hier eingetroffen war. In einem Warteraum saß der andere Gefangene. Er wirkte ruhig und gefaßt, wir nahmen ihn mit.

Die Ministerin reist nicht nach jedem besonderen Vorfall in die Anstalten, das würde ihr Terminkalender nicht zulassen. Hier waren jedoch drei Bedienstete verletzt worden, und alle hatten nur mit viel Glück überlebt. Einen bewaffneten Überfall auf einen Gefangenentransportwagen hatte es in Niedersachsen noch nicht gegeben. Die Ministerin besuchte die Bediensteten im Krankenhaus. Es schien, als hätten sie den ersten Schrecken recht gut überstanden. Mit dem Leben davongekommen zu sein war die Trumpfkarte, die andere Beeinträchtigungen in den Hintergrund treten ließ. Uns waren jetzt Einzelheiten des Vorfalls bekannt. Die Polizei nahm an, daß der erschossene Gefangene Opfer einer Fehde zwischen zwei türkischen Familien geworden war. Auf ihn hatte es der mutmaßliche Täter auch abgesehen, daß andere Menschen dabei auch verletzt wurden, hatte er in Kauf genommen. Der Fahrer war nach Beginn der Schießerei geistesgegenwärtig durchgestartet und quer durch die Stadt zum Josephstift gefahren. Durch die halsbrecherische Flucht hatte er wahrscheinlich weitere Einschüsse verhindert. Im Josephstift angekommen, reagierte man schnell und schützte die Insassen des Fahrzeugs durch Herunterlassen eines Gitters vor weiteren denkbaren Angriffen.

Der unverletzt gebliebene Gefangene wurde wenige Tage nach dem Vorfall entlassen, er hatte seine Strafe verbüßt. Für die Bediensteten ist es eine Erfahrung, die sie nicht vergessen können, die Bestandteil ihres Lebens geworden ist. Der Täter wurde inzwischen verurteilt, bleibt nur zu hoffen, daß die Familienfehde keine Fortsetzung findet.

Die Presse berichtete insgesamt mehr oder weniger objektiv, sogar die »Bild-Zeitung«. Nur der »Celleschen Zeitung« hatte offenbar wieder einer der mit mir und meinem Führungsstil unzufriedenen Bediensteten sein Leid geklagt über die Anstaltsleiterin und »ihre zum Teil unerfahrene Crew auf der Leitungsebene«, die wieder das Risiko nicht gesehen hatten und schuld waren an der »Pannenserie« und überhaupt an allem.

In der Anstalt nahm die Unruhe nun wieder zu. Es hätte jeden der Bediensteten des allgemeinen Vollzugsdienstes betreffen können, und allmählich fragte man sich, ob man für so einen risikoreichen Job eigentlich entsprechend bezahlt und behandelt wurde.

Die »Cellesche Zeitung« lud ein zu einem Sommerfest. Ich war unschlüssig, ob ich mich diesem Getümmel aussetzen wollte. Das Ereignis der Geiselnahme würde noch in den Köpfen der Besucher nisten. Ich müßte wieder Überzeugungsarbeit leisten, darstellen, daß ich weder therapeutischen Zuspruchs bedurfte noch daß die JVA Salinenmoor ein Chaotenknast war. Andererseits war dies eine gute Gelegenheit, deutlich zu machen, daß wir nicht pressescheu waren, weil wir irgend etwas unter den Teppich gekehrt hatten.

Ich nahm die Einladung wahr. Entgegen meinen Befürchtungen verbrachte ich den Nachmittag in Gesellschaft angenehmer Menschen, die sich für die Institution Gefängnis interessierten, ohne den Beigeschmack des Voyeurismus. Im Gespräch mit dem damaligen Intendanten des Schloßtheaters Celle, Serge Roon, entwickelte sich eine Idee: professionelle Theaterarbeit mit Gefangenen. Gefangene, die keine Arbeit, keine Beschäftigung haben, sind die meiste Zeit sich selbst überlassen. Dabei kommt nicht nur Gutes heraus.

Das Gefängnis ist eine Welt phantasierter Realitäten, man erträumt sich eine andere Identität. Eine Identität, die Schwächen zu Stärken werden läßt. Das Theater ist eine Welt erlebter Phantasie, man schlüpft für einige Zeit in eine andere Identität, aber sie muß hart erarbeitet werden.

Lingener Tagespost, 18. 8. 1997
»Das schafft ihr nie«, hieß es anfangs, erinnert sich der Regisseur an die Vorbereitungszeit im Januar. Jetzt steht die Premiere am 23. August unmittelbar bevor.

Cellesche Zeitung, 26. 8. 1997
So behauptete zumindest ein Hauptdarsteller, daß »diese zwei Monate Vorbereitungszeit die härteste Arbeit in seinem bisherigen Leben gewesen sei«. ... Selbst die hauptberuflichen Schauspieler zeigten sich von der Professionalität und der realistischen Darstellung angenehm überrascht, was sich in nicht enden wollendem Beifall nach der Vorstellung äußerte.

Sie hatten es geschafft, im August 1997 war ihr großer Auftritt. Nach zwei Monaten intensiver Theaterarbeit mit dem Regisseur Ralf Siebelt und dem Dramaturgen Winfried Tobias zeigten sechzehn Gefangene in unserer vollbesetzten Aula das Stück »Der aufhaltsame Aufstieg des Arturo Ui« von Bertolt Brecht. Und sie waren gut. Sie waren so gut, daß sie schon bei der Generalprobe donnernden Applaus von ihren Zuschauern, den Mithäftlingen, erhielten. Und Mithäftlinge sind mit Beifallsbekundungen in der Regel sparsam.

Die Schauspieler gingen auf Tournee, auf Tournee besonderer Art: Das Tourneefahrzeug war vergittert und wurde von Bediensteten begleitet, die zur Unterstützung der Theaterarbeit Überstunden machten. Und die Auftritte fanden in Gefängnissen statt.

Den beiden Theaterprofis war es gelungen, nicht nur ein Stück Kultur erfahrbar zu machen, sondern die Truppe auch in Disziplin und sozialverantwortlichem Umgang miteinander zu üben. Soziale Verantwortung im Gefängnis – learning by doing.

Im Herbst 1996 ließ der Prozeß gegen den Geiselnehmer noch auf sich warten. Ich hatte den Rat meines Anwalts befolgt und war – ebenso wie meine Kollegin – in die Nebenklage gegangen. Die Anklage wurde erhoben, dem Täter wurde versuchte und vollendete Vergewaltigung vorgeworfen. Die Geiselnahme war kein Thema. Ich war entsetzt. Warum hatte ich mich wohl austauschen lassen? Warum hatte ich mich freiwillig einer Bedrohung meines Lebens ausgesetzt? Offenbar hatte dazu keine Notwendigkeit bestanden, ich hatte ohne Not gehandelt. Ich sprach mit meiner Kollegin, der Sozialarbeiterin. War ich in meiner Sorge, noch einmal als vorschnell handelnde Anstaltsleiterin durch die Medien zu gehen, inzwischen zu empfindlich geworden? Auch bei ihr traf ich auf Unverständnis. Auch sie fragte sich, warum sie Angst um ihr Leben gehabt hatte und nicht schlichtweg aus dem Büro gegangen war.

Ich erhielt einen Anruf. Uta König, eine Filmemacherin vom NDR, wollte ihre Filmreihe »Frauen in Führungspositionen« mit einem Porträt über mich als Leiterin eines Männergefängnisses fortsetzen. Ich zögerte, bislang hatte ich alle Versuche verschiedener Sender, mich vor die Kamera zu bekommen, abgewehrt. Ich verweigerte auch Zeitungen und Zeitschriften Interviews. Ich hatte begriffen, daß es um Auflagenhöhen, um Einschaltquoten ging und nicht um Vermittlung sachlicher Informationen. Selbst durchaus kritische Menschen glaubten inzwischen, Frauen in einem Männergefängnis seien ein Sicherheitsrisiko, sie hielten Blechmesser für eine Waffensammlung und Straftäter für wilde Tiere. Wilde Tiere, die in einem Gefängnis von uns – den Wärtern – unter Verschluß gehalten werden müssen.

Nach der Geiselnahme waren so viele Fragen gestellt worden, die mir deutlich gemacht hatten, wie wenig der Normalbürger über die Knastrealität weiß. Wie sollte er auch, wenn er keine eigenen Erfahrungen gemacht hatte und auf die Darstellung in den Medien angewiesen war? Das, worüber er sich Gedanken machte, war zum Beispiel das Schwimmbad in der JVA Weiterstadt. Das Schwimmbad, in dem seine Steuergelder baden gingen. Die Existenz – geschweige denn der Inhalt – eines Strafvollzugsgesetzes ist ihm nicht bekannt.

Das Konzept für den Film sah vor, daß nicht nur die Anstaltsleiterin vorgestellt werden sollte, sondern die Zuschauer auch einen Einblick in unsere alltägliche Arbeit erhielten. Die Dreharbeiten würden erst beginnen, wenn der Prozeß abgeschlossen war. Ich sagte zu.

Opfer – Sein oder Nichtsein

Ein Sprichwort sagt: »Eine Kette ist so stark wie ihr schwächstes Glied.« Auch eine soziale Gemeinschaft hat Bindeglieder, hat Schwachstellen und existiert nur so lange, wie sie mit diesen sorgfältig umgeht. Reißt die Kette der Mitglieder, zerfällt die soziale Gemeinschaft in Einzelteile, verliert die Dachorganisation des Sozialverbandes für ausgeschiedene Gruppen ihre Zuständigkeit. Wenn es der Gemeinschaft der in der Organisation Verbliebenen dient, mag eine Ausgrenzung durchaus Vorteile haben. Sie ist allerdings kein Zeichen für die Stabilität des Sozialverbandes. Je mehr Mitglieder, je mehr Gruppen ein Sozialverband ausschließt, desto schwächer wird er.

Jan Philipp Reemtsma schreibt in seinem Buch »Im Keller«: »Gleichwohl ist für das Opfer die Strafe von hoher Bedeutung. Nicht, weil sie die Rachebedürfnisse erfüllt, denn das tut sie meistens nicht. Sondern weil die Strafe die Solidarität des Sozialverbandes mit dem Opfer demonstriert. Die Strafe grenzt den Täter aus und nimmt das Opfer herein.«

Die Bestrafung des Täters war für mich nicht von so hoher Bedeutung. Vermutlich weil ich mehr über die Unzulänglichkeiten der Strafvollstreckung weiß. Die Strafe grenzt den Täter aus. Das ist richtig. Das ist, solange er für seine Mitmenschen eine Gefahr darstellt, auch notwendig. Aber die Strafe muß ihm eine Chance lassen, etwas tun zu können, um eines fernen Tages wieder in den Sozialverband zurückzukehren. Eine Chance, die Defekte seiner Persönlichkeit zu kitten.

Die Ausgrenzung betraf nicht nur den Täter, sie betraf auch mich. Meine Entscheidung für den Austausch wurde zum Anlaß genommen, mich auf subtile Art und Weise aus der Reihe der kompetent Handelnden – die man gemeinhin unter Personen in Führungspositionen zu finden glaubt – auszugrenzen. Im Sozialverband durfte ich noch bleiben, aber nur auf dem mir zugewiesenen Platz. Offenbar stellte ich eine Gefahr dar, aber für wen? Es war ganz offensichtlich, daß sich die Berichterstatter in den Medien schwertaten, die schlichten Fakten über den Beginn meiner Geiselnahm, den Austausch, die Beendigung, die Übergabe des Täters an die Polizei zu schildern. Dabei war der Austausch, ganz nüchtern betrachtet, nur das Ergebnis eines blitzschnellen Abcheckens einiger Kriterien: Besteht Lebensgefahr für die Geisel? Ja. Besteht Lebensgefahr für mich? Ja. Habe ich größere Chancen, den Geiselnehmer zu überzeugen? Ja. Traue ich mir das zu? Ja. Wobei die letzte Frage vermutlich die entscheidende war. Ich wurde oft gefragt, ob ich mich noch einmal so entscheiden würde. Für mich gar keine Frage, ich war auch im nachhinein sicher, mich richtig entschieden zu haben. Dann hatte ich einen Traum. Den einzigen von der Geiselnahme, der mir bewußt ist.

Ich war im Kirchenraum der Anstalt. Der Pastor war nicht da, aber zwei Männer saßen an einem Tisch, zwei Bedienstete. Sie saßen leicht nach vorn gebeugt, die Unterarme lagen auf der Tischplatte. Ihre Haltung drückte Anspannung aus. Ein weiterer Mann befand sich im Raum, schwarz gekleidet, sein Gesicht konnte ich nicht erkennen, eine anonyme Gestalt. Dieser Mann hielt ein Messer in seiner Hand. Er versuchte, mich zu fassen. Ich rannte weg. Beim Laufen stellte ich fest, daß ich keine Schuhe anhatte. Ich war auf Strümpfen, und der Kirchenraum hatte Parkettfußboden. Er war glatt, und ich geriet ins Schlingern, der Mann mit dem Messer war mir auf den Fersen. Ich wußte, daß ich um mein Leben rannte. In dem Kirchenraum verteilt standen weitere Tische. Auf meiner Flucht rannte und rutschte ich darauf zu. Für einen kurzen Moment konnte ich mich hinter dem jeweiligen Tisch in Sicherheit bringen. Es war wie in der Schule, wenn wir Packen spielten, nur viel bedrohlicher. Ich wußte, daß der Mann mich umbringen, mir die Kehle durchschneiden wollte. Aber ich rannte weiter, und er bekam mich nicht zu fassen. Und dann hielt er plötzlich inne, umfaßte einen der Bediensteten, hinter ihm stehend, setzte er ihm das Messer an den Hals und sah mich an. Ich blieb stehen. Er sagte nichts. Keiner rührte sich. Ich sehe den Bediensteten, sein Gesicht, seine Augen und das Messer an seinem Hals ... und wache auf – schweißgebadet.

Wie schön, wenn sich Entscheidungen durch Aufwachen erledigen. Das eigene Verhalten läßt sich für solche Grenzsituationen nicht vorhersagen. Hätte ich mich zum damaligen Zeitpunkt in einer anderen Verfassung befunden, hätte ich mich genausogut anders entscheiden können.

Der Austausch allein bot noch nicht genügend Angriffsfläche, da kam es sehr gelegen, daß ich noch vergewaltigt worden war. Vergewaltigte Frauen sind nicht nur Opfer mit all den Folgen für die psychische Befindlichkeit. Sie haben in der Regel auch zu ihrer Vergewaltigung beigetragen, trugen einen zu kurzen oder zu langen Rock, waren zu freundlich oder zu unfreundlich, traten zu selbstbewußt oder zu unsicher auf. Egal wie, auf jeden Fall haben sie zu ihrer Vergewaltigung beigetragen.

Das ist um so bemerkenswerter, als das Delikt der Vergewaltigung nicht gerade selten vorkommt. Es betrifft mehr Frauen in unserem Freundes- und Bekanntenkreis, als wir uns vorgestellt haben. Weil es uns in den meisten Fällen nicht bekannt ist. Es ist nicht unrealistisch, daß statistisch betrachtet jede dreißigste Frau irgendwann in ihrem Leben vergewaltigt wurde oder wird. Eine Vergewaltigung wird jedoch nur in einem von fünf Fällen (Susan Brownmiller) angezeigt. Das heißt, Vergewaltigung ist ein fast perfektes Delikt, die meisten Täter werden nicht zur Verantwortung gezogen. Sie können ihr Leben unbehelligt fortsetzen.

Auch die meisten der vergewaltigten Frauen setzen ihr Leben fort, als wäre nichts geschehen. Den Tätern paßt das ins Konzept. Sie fühlen sich in ihrer zwanghaften Vorstellung, mit dieser Tat kein Unrecht begangen zu haben, eher noch bestärkt. Die Frauen haben jedoch das Gefühl, rücksichtslos für das Ego eines anderen mißbraucht, in ihrer Intimsphäre, ihrer persönlichen Integrität verletzt worden zu sein. Aber sie gehen ihrem Beruf nach, versorgen ihre Familien, ihre Kinder, unterhalten Kontakte zu Freunden, Bekannten und Nachbarn – und schweigen.

Warum tun sie das? Weil sie sich nicht trauen, ihr Erlebnis anderen mitzuteilen. Weil sie befürchten, noch mehr Probleme meistern zu müssen. Weil sie von ihren Mitmenschen nicht nur keine Unterstützung, keine Hilfestellung erfahren, sondern Abwertung, Stigmatisierung. Weil sie erwarten, als Opfer gebrandmarkt und ausgesondert zu werden.

Täglich hören und lesen wir über Opfer: Opfer von Naturkatastrophen, von Verkehrsunfällen, von Straftaten und Opfern anderer widriger Umstände. Ein Mensch wird zum Opfer, wenn er etwas ohne eigenes Zutun ungewollt erdulden mußte. Wird ein Mensch Opfer eines Raubüberfalls, weil er zufällig des Weges kam, ist er Opfer eines Verbrechens. Wird ein Mensch, der kurz zuvor seine dicke Brieftasche im Lokal präsentierte, Opfer eines Raubüberfalls, ist er mehr Opfer seiner Dummheit denn eines Verbrechens. Des ungeteilten Mitgefühls seiner Mitmenschen darf sich ein Opfer nur sicher sein, wenn es keine Schuld trägt. Muß es sich eine Mitschuld anlasten lassen, wird ihm die Opferrolle zwar noch zugeschrieben, aber das Mitleid entzogen.

Frauen, die die erlittene Vergewaltigung öffentlich machen, haben auf zwei Seiten zu kämpfen. Sie müssen das ihnen zugefügte Leid bewältigen und sich noch gegen den Schuldvorwurf, gegen den Entzug des Mitgefühls zur Wehr setzen. Nur eine von fünf Frauen nimmt den Kampf mit Behörden und ihren Mitmenschen auf. Die anderen entziehen sich der offenbar zu Recht unterstellten doppelten Moral ihrer sozialen Umwelt und muten sich dieses Opferdilemma nicht zu. Und das in dem Bewußtsein, daß der Täter, dem sie keineswegs freundlich gesonnen sind, nicht zur Rechenschaft gezogen werden wird.

Mir wurde die Entscheidung abgenommen. Ich hatte gar keine Chance, mein traumatisches Erleben, meine Opferwerdung für mich zu behalten, mit mir auszumachen. Ich war in aller Öffentlichkeit zum Opfer geworden, zum Opfer einer Geiselnahme und zum Opfer einer Vergewaltigung. Das Opfer im Doppelpack, dem sich einige Medien fast mit Genuß widmeten.

Die Geiselnahme und die Vergewaltigung hatten mich nicht von den Füßen geholt. Aber die Art und Weise, wie der Vorfall in der Öffentlichkeit dargestellt und diskutiert wurde, die Art und Weise, wie ich als Frauen-Fehlbesetzung charakterisiert und dann in der Opferschublade versenkt wurde, die hätte ich nicht verkraftet, wenn ich keine Hilfe gehabt hätte: Hilfe in der Familie, im Freundeskreis und vor allem Hilfe am Arbeitsplatz.

Die Bediensteten der Anstalt, die Angehörigen des Justizministeriums, die Kollegen und Mitarbeiter anderer Anstalten, fast alle vermittelten mir das Gefühl, sie seien im Umgang mit Betroffenen einer Geiselnahme, im Umgang mit Opfern unglaublich routiniert. Als hätten sie täglich mit Anstaltsleiterinnen zu tun, die gerade vergewaltigt worden waren, und als wüßten sie sehr genau um deren Befindlichkeit. Freundliche Anteilnahme, Interesse ohne Neugier und Erleichterung über den Ausgang. Viele hatten den Verlauf in den Nachrichten mitverfolgt, mitgebangt und gaben ihrer Freude Ausdruck, daß ich wieder da war.

Auch Menschen, die mich nicht kannten, teilten sich mit. Von wenigen Ausnahmen abgesehen, hatten sie trotz der verzerrten Darstellung in den Medien unterstützende Positionen bezogen, wollten mir

Mut machen. Das ist ihnen auch gelungen. Kein Wunder, daß das Opfergefühl nicht so recht Platz greifen konnte.

Die Bediensteten der Anstalt waren Mitbetroffene der Geiselnahme. Vielleicht habe ich sie deshalb als unglaublich hilfreich erlebt. Aufmerksam und zurückhaltend begleiteten sie mich, hielten Dinge, die ihnen als Kleinkram erschienen, von mir fern, forderten mich aber auch. Fanden es an der Zeit, daß ich hier und da eingriff, mich wieder mehr im Anstaltsbereich sehen ließ. Ich spürte keine Überfürsorge und keine Zweifel an meiner Kompetenz. Ich war das, was ich vorher auch gewesen war.

Die Justizministerin hatte mir die Entscheidung überlassen, ob ich bleiben oder den Arbeitsplatz, die Anstalt wechseln wollte. Sie und ihre Mitarbeiter akzeptierten meine Entscheidung, ohne daß ich den leisesten Vorbehalt feststellen konnte. Und für das Erspüren von Vorbehalten und Zweifeln wird man sehr sensibel.

Mochte auch den einen oder anderen Gefangenen bei dem Gedanken an meine Gefangenschaft ein Gefühl der Genugtuung erfaßt haben, sie ließen es mich nicht spüren. Einer, der sich dreister Bemerkungen nicht enthalten konnte, wurde von den Bediensteten kurzerhand verlegt. Andere entschuldigten sich für die Tat ihres ehemaligen Mitgefangenen, distanzierten sich. Ich bekam Briefe von bereits entlassenen oder in andere Anstalten verlegten Gefangenen. Freundliche Briefe, die ihre Betroffenheit über die Tat zum Ausdruck brachten. Die Akzeptanz der Anstaltsbediensteten und der Rückhalt im

Ministerium waren ideale Bedingungen, ein solches Erlebnis zu verkraften und zu verarbeiten. Wären mir nicht immer wieder die Auswirkungen der Schuldzuweisung begegnet.

Das Dubiose an meiner Opferrolle spürte ich an Reaktionen der Leute, die die Geiselnahme nur aus den Medien kannten, dann bekam mein Opferdasein Kontur. Ich spürte, daß ein Opfer, das an dem Zustandekommen seiner Opfersituation selbst Schuld trägt, eben kein richtiges Opfer ist. Es ist mehr so etwas wie ein falscher Fuffziger.

Ein Erlebnis beim Einkaufen: An der Kasse unterhielt sich der Kassierer mit einer Kundin. Die Kundin hatte Sonnenöl in der Hand und berichtete über ihre Flugangst. Der Kassierer beruhigte sie mit den Worten, daß ein Absturz nicht so schlimm sei. So etwas gehe ganz schnell, und man würde es kaum merken. Viel schlimmer stelle er sich die kürzlich gelaufene Geiselnahme vor. Die Frau habe erst nach vier Stunden von der Polizei gerettet werden können und sei auch noch von dem Triebtäter vergewaltigt worden. Das sei schlimm. Aber die Frau habe wohl auch selbst schuld gehabt, die Gefangenen hätten ja in aller Ruhe Waffen sammeln können.

Das waren also die Eckpunkte der Geiselnahme: vom Triebtäter vergewaltigt, von der Polizei gerettet und selbst schuld. Wie sollten sie es aber auch besser wissen, die Zeitungleser und Fernsehzuschauer, genau so war es durch die Medien gegangen.

Ich war kein Opfer eines »sexbesessenen Triebtäters«, dem keine Frau in die Nähe kommen durfte. Ich war Opfer eines Mannes, der an der Erfüllung seiner Vorstellung von Männlichkeit gescheitert war. Ich war Opfer seiner Unfähigkeit, sich und andere zu akzeptieren.

In den meisten Fällen dienen Vergewaltigungen dem Erleben der Macht über andere. Lebensgefährlich für Opfer wird es dann, wenn Täter ihr Hochgefühl der Macht nicht mehr aufgeben wollen oder können. Wenn sie ihre Bedrohlichkeit steigern müssen, um ihre Überlegenheit zu demonstrieren und die Opfer in ihrer Angst immer kleiner werden. So klein, daß sie lästig werden und ihr Auslöschen kein Problem mehr birgt.

Ein tödlicher Kampf um die Macht, der nicht nur zwischen männlichen Tätern und weiblichen Opfern vorkommt. Vergleichbare Eskalationen gibt es auch zwischen männlichen Tätern und männlichen Opfern. Wobei sich letztere meist als Demonstration von Macht innerhalb einer Männergruppe und unter Alkoholeinfluß entwickelt. Die Ursache bleibt dieselbe: das unsägliche Schicksal der Männer, sich mit dem Bild des harten Mannes im Kopf zu behaupten.

Der Geiselnehmer hatte sein Hochgefühl nicht ausgelebt.

Ich sollte in Schubladen gepackt werden, in die ich nicht hineinwollte. In die ich auch nicht hineingehörte. In die Schublade der Frau, die so vermessen gewesen war, Schwerverbrecher therapieren zu wollen, die Triebtäter zu einer Waffensammlung verhalf. Und die nun Opfer ihrer eigenen Vermessenheit geworden war. Hätte die Polizei mich nicht gerettet, hätten mich meine Selbstüberschätzung und die Fehleinschätzung der Situation das Leben kosten können.

Ganz so platt haben es mir die Menschen nicht gesagt. Ihre vorsichtiger formulierten Fragen zu dem Geschehen ließen jedoch Rückschlüsse auf ihr Gedankengebäude zu. Jedenfalls habe ich es so gesehen, so erlebt in meiner zugegebenermaßen hohen Sensibilität für mehr oder weniger versteckte Schuldvorwürfe.

Damals fehlte nicht mehr viel, und ich hätte an meiner eigenen Wahrnehmung gezweifelt. Je nach dem, mit wem ich sprach, erlebte ich die Rollenerwartungen als sehr divergent. Hatte ich für die einen mit meiner schnellen Rückkehr in die Anstalt viel für die Frauen im Vollzug getan, war sie für die anderen ein Schlag ins Gesicht aller vergewaltigten Frauen.

Auch fiel es mir anfangs schwer, dem wortlosen Erschrecken zu begegnen, wenn meine Gesprächspartner erst im Verlauf des Gesprächs erfuhren, daß ich *die* Anstaltsleiterin war. Es geschah wiederholt, daß ich von mir fremden Leuten angesprochen wurde, weil sie meinten, wir hätten uns schon irgendwann, irgendwo gesehen. Ihnen war mein Gesicht, mein Name bekannt. Teilte ich ihnen die Ursache mit, herrschte einen Moment beredtes Schweigen.

Das wortlose Erschrecken mochte schlicht Unsicherheit sein. Unsicherheit darüber, wie man sich einem Opfer gegenüber verhalten sollte. Man wollte nicht neugierig sein und nicht verletzen. Ich nahm die Unsicherheit als Blockierung wahr. Eigentlich – so dachte ich – waren sie der Meinung, daß die Anstaltsleiterin für das Geschehen verantwortlich war. Nun stand sie vor ihnen und war Opfer geworden. Da war Vorsicht angebracht, mit einem Opfer mußte man behutsam umgehen. Die ersten Male war ich noch beseelt von dem Gedanken, die Situation richtigstellen zu müssen. Mit der Zeit wurde ich sarkastischer und beschränkte meine Bemühungen darauf, deutlich zu machen, daß ich mich nicht als Opfer sah.

Freunde, Familie, Kollegen: ohne sie hätte ich möglicherweise wirklich an meiner Wahrnehmung gezweifelt. Hätte eines Tages geglaubt, ich sei tatsächlich von der Polizei aus höchster Not gerettet worden. Hätte mich gefragt, wie ich mir die Leitung einer solchen Anstalt jemals hatte zutrauen können.

Im niedersächsischen Vollzug gibt es eine sehr sinnvolle Einrichtung: die kollegiale Anstaltsleiterberatung. Eine Einrichtung, die vom Ministerium gefördert wird. Eine Supervisionsgruppe mit drei männlichen Kollegen und mir, die sich ursprünglich aus Sympathie zusammengefunden hat. Das Bemerkenswerte an dieser Gruppe ist die Unerheblichkeit der Geschlechtszugehörigkeit, keiner von uns muß sich als Mann oder Frau behaupten. Vor dem Hintergrund der emotionalen Sicherheit ist ein hohes Maß an Offenheit, an Kritik- und Lernfähigkeit möglich. Diese Gruppe wurde natürlich mit den Vorgängen der Geiselnahme arg strapaziert. Für mich war sie aber eine segensreiche Einrichtung, denn sie verlieh meiner Wahrnehmung Realität. Immer wenn ich zwischendurch an meiner Einschätzung zu zweifeln begann, hat sie mich auf den Boden der Realitäten zurückgeholt.

Heute ist mir bewußt, daß ich viel Energie darauf verwandt habe, gegen die Opferrolle anzukämpfen.

Ein Kampf, der Gefühle fröhlicher Unbeschwertheit einerseits und Trauer andererseits nicht mehr zuließ. Die Menschen, die mich gut kannten, betrachteten sicher meine »Was soll schon sein Haltung« ab und an mit stiller Sorge, enthielten sich aber auch jeglichen Kommentars. Es hätte ohnehin nichts geändert.

Kurz nach dem Prozeß gegen den Täter sprach ich mit einem mir bis dahin unbekannten Menschen. Das Gespräch kam auf die Geiselnahme, und ich war auf die Betroffenheit anderer nicht mehr vorbereitet, ich war nicht mehr auf der Hut. Das Gefühl der Anteilnahme holte mich ein, und zum erstenmal war ich richtig traurig über die Ereignisse des vergangenen Jahres. Traurig darüber, was sich Menschen antun können. Traurig über das Schicksal aller Betroffenen und vor allem traurig über mich. Ich löste mich im Selbstmitleid auf.

Der Prozeß

Die Unruhe in dem kleinen Sitzungssaal hat sich vorübergehend gelegt. Man richtet sich auf seinem Platz ein in der merkbar spannungsgeladenen Atmosphäre. Die Reporter haben ihre Aufnahmen gemacht. Das Stück kann beginnen, wir warten. Köpfe, die sich fast gleichzeitig in eine Richtung drehen – der Täter wird hereingeführt. Die Hände vor dem Körper gefesselt, geht er die zwei bis drei Meter bis zur uns direkt gegenüberstehenden Anklagebank. Die Reporter verlassen ihre Sitze, Blitzlichter flammen auf. Der Täter bleibt stehen, er läßt sie geduldig fotografieren. Die Handschellen werden aufgeschlossen, und er nimmt seinen Platz ein. Der Geräuschpegel im Raum steigt wieder an, man kommentiert die Wahrnehmungen.

Neben mir sitzt meine Kollegin mit ihrer Anwältin. Wir wechseln ein paar Worte, Belanglosigkeiten, geben uns in dem Bewußtsein, beobachtet zu werden, unbeeindruckt. Wir reden um des Redens willen. Jeder sieht, daß wir beschäftigt sind und nicht wie Kaninchen erstarrt darauf warten, von der Schlange gefressen zu werden. Es ist wie ein Theaterstück, in dem jeder seine Rolle spielt, und wir haben uns auf unsere Rolle gut vorbereitet.

Die Tür rechts von uns öffnet sich. Als habe jemand einen Taktstock erhoben, erstirbt jedes Gespräch. Das Gericht betritt den Saal: drei Richter und zwei Schöffen und der Staatsanwalt. Wir erheben uns von unseren Plätzen – eine wortlose Begrüßung. Unwillkürlich lege ich die Hände übereinander, wie zum Abhalten einer Schweigeminute. Wir können uns wieder setzen.

Der Täter sitzt mir gegenüber. Ich sehe ihn an, aber er erwidert den Blick nicht. Er sieht niemanden an, blickt genau in die Lücke zwischen den Richtern und uns, den Nebenklägerinnen. Den Zuschauern leicht abgewandt, sitzt er im Stuhl zurückgelehnt, die Beine von sich gestreckt, die Arme liegen auf der Tischplatte, die Hände ineinander verschränkt. Die Haltung soll Gelassenheit ausdrücken, aber man merkt ihm die Anspannung an.

Der kleine Raum ist voll besetzt. Die ersten beiden Reihen wurden für die Medienvertreter reserviert, die jetzt wieder eine Stimmung der Hektik und Unruhe verbreiten. Der Kammervorsitzende ruft zur Ordnung, droht an, sie vom weiteren Verlauf auszuschließen.

Ein Freund von mir betritt den Raum, er muß wieder gehen, alle Plätze sind besetzt. Ich will dem Kammervorsitzenden sagen, daß er bleiben muß. Ich möchte ihn in meiner Nähe wissen. Die Stimmung ist aber schon ziemlich aufgeladen, und ich halte mich zurück. Schade, ich hätte mich sicherer gefühlt.

Aber neben mir sitzt mein Anwalt, er wird mich schon zu schützen wissen vor nicht kalkulierbaren Angriffen. Notfalls kann ich mich hinter seinem breiten Kreuz verstecken. Im Zuschauerraum sehe ich meine Familie, Freunde, Bedienstete aus der Anstalt. Wir können nicht miteinander sprechen, aber der Blickkontakt hilft. Durch ihre Anwesenheit fühle ich mich nicht so verloren, nicht so preisgegeben. Es wird schon alles gut verlaufen.

Der Verteidiger verliest eine Erklärung seines Mandanten: Um den Geschädigten die Zeugenaussage zu ersparen, räumt sein Mandant die versuchte und vollendete Vergewaltigung ein. Er stand unter dem Einfluß eines Schlafmittels. Im übrigen hatte er gar nicht vor, die Anstaltsleiterin zu vergewaltigen. Er war erst durch eine Bemerkung ihrerseits auf die Idee gekommen und fühlte sich von der Polizei hingehalten. Und außerdem hat die Anstaltsleiterin grob fahrlässig gegen die Vorschriften verstoßen, indem sie sich austauschen ließ, ohne das Eintreffen der Polizei abzuwarten.

Ich möchte ihm ins Wort fallen, ihn fragen, ob er die zusammengestoppelte Einlassung ernst meint. Er kann doch nicht ungehindert Unwahrheiten erzählen über Dinge, die ich nicht gesagt habe, die ich gar nicht hatte sagen können, weil ich zu dem fraglichen Zeitpunkt geknebelt war. Er kann doch nicht Vorschriften zitieren, die nicht existieren. Mein Anwalt legt mir die Hand auf den Arm. Er hat ja recht, ich halte mich zurück.

Der Täter rührt sich nicht. Kein guter Einstieg. Ich bin mir sicher, daß er nicht sonderlich stolz auf seine Taten ist, daß er sie auch so manches Mal bedauert hat, aber es kommt nicht rüber. Der Verteidiger wird es nicht leicht mit seinem Mandanten gehabt haben. So wie ich den Täter kenne, wird er einiges an Überzeugungsarbeit geleistet haben müssen, bis er ihm die Einlassung abringen konnte. Der Täter hätte es sicher vorgezogen, sich überhaupt nicht zu äußern, sich nicht auf dieses Spiel einzulassen.

Die geladenen Zeugen treten auf. Es geht um die Vorschrift, gegen die ich verstoßen haben soll. Gibt es sie nun, oder gibt es sie nicht? Meine Vertreterin wird befragt. Sie beschreibt die Persönlichkeit des Täters, gibt an, daß im Fall einer Geiselnahme die Polizei das Kommando übernimmt, sowie sie in der Anstalt eingetroffen ist. Bis dahin trifft die Anstaltsleitung die erforderlichen Anordnungen. Meine Vertreterin kennt die Einlassung des Täters nicht, sie mußte bis zum Beginn ihrer Aussage draußen warten. Sie berichtet sehr konzentriert, verhalten und für ihre Verhältnisse ungewöhnlich leise. Ob ihr der Erlaß bekannt sei, der einen Geiselaustausch untersagt? Nein, ein derartiger Erlaß ist ihr nicht bekannt. Ob sie versucht habe, mich von dem Geiselaustausch abzuhalten? Ja, das habe sie versucht, sie hatte Angst um mich. Dann jedoch war sie davon überzeugt, daß ich es schaffen würde, den Täter zur Aufgabe zu bewegen.

Der Verteidiger möchte wissen, warum ich so überstürzt gehandelt habe. Jetzt hat sie die Strategie durchschaut, sie legt die Zurückhaltung ab und teilt ihm ihre Meinung unverblümt und in der ihr eigenen Schlagfertigkeit und Lautstärke mit. Der Verteidiger läßt nicht locker, er will ihr das Eingeständnis abfordern, daß ich unbedacht und voreilig gehandelt habe. Es klappt nicht, sie teilt ihm mit, daß ich in stabiler Verfassung war und genau wußte, was ich tat. Sie war wie ich der Überzeugung, daß unsere Kollegin ohne den Austausch die Geiselnahme nicht überlebt hätte.

Die Sozialarbeiterin wird vernommen. Sie spricht leise und schildert den Tatablauf nüchtern und sachlich: Sie kennt den Täter gut, hat häufig mit ihm gesprochen. Er hat sie überwältigt, hat versucht, sie zu vergewaltigen, hat sie mit dem Tod bedroht. Sie nutzt eine Gelegenheit, Alarm auszulösen und sich zur Wehr zu setzen, bedroht ihn mit einer Schere. Er tritt ihr die Schere aus der Hand, gibt sich ganz cool, überlegen. Die Bediensteten sind auf den Alarm herbeigeeilt, sie stehen vor der Tür. Er zwingt sie, auf der Station anzurufen, für Ruhe zu sorgen. Sie bittet mich, für absolute Ruhe zu sorgen, sagt nichts von der versuchten Vergewaltigung. Der Täter droht erneut, sie umzubringen. Dann erfolgt der Geiselaustausch.

Ob es uns beiden denn nicht möglich gewesen wäre wegzulaufen, wird sie gefragt. Nein, das ist uns nicht möglich gewesen, die Situation war sehr spannungsgeladen, und sie hatte Todesangst. Keine weiteren Fragen. Jetzt bin ich an der Reihe.

Meine Aussage, die Situation, die mich in der vergangenen Wochen beschäftigt hat. Einige Tage zuvor hatte ich in den regionalen Nachrichten die Ankündigung des Prozesses vernommen. Die Hörer wurden an die Tat erinnert, die inzwischen über ein Jahr zurücklag: Die Anstaltsleiterin war vom Täter vergewaltigt und von der Polizei befreit worden.

Im Eröffnungsbeschluß hatte der Vorsitzende Richter der Anklage erpresserischen Menschenraub hinzugefügt. Kein Wort von einer Geiselnahme. Die mochte in meinem Fall durchaus strittig sein, aber im Fall meiner Kollegin?

Ich hoffe, dem Druck standhalten zu können und mich nicht als Opfer zu präsentieren. Der Druck ist hoch, und öffentliche Auftritte liegen mir nicht. Daß ich die vergewaltigte Anstaltsleiterin bin, macht mir nicht mehr viel aus. Die Medien hatten mich desensibilisiert, ich hatte es so oft gelesen und gehört, daß mich die öffentliche Zuschreibung nicht mehr berührt. Außerdem ist es zutreffend. Aber mich jetzt noch vom Verteidiger als unüberlegt handelnde Frau dargestellt zu sehen, die ihre Vergewaltigung selbst verursacht hat, das berührt mich nach wie vor sehr. So sehr, daß mir die Anwesenheit der Medienvertreter ziemlich egal geworden ist.

Ich beginne mit meiner Aussage und werde unterbrochen. In dieser Situation ist es gut, weil es meinen Kampfgeist weckt. Ich schildere den Ablauf der Geiselnahme, wie ich ihn erlebt habe. Ich lasse auch die Bemerkung des Kriminalbeamten nicht aus, die erkennen ließ, daß die geplante Aufgabe des Täters auf Hindernisse stieß. Es reicht jetzt, die Rücksichtnahme hat ein Ende. Ich vergesse, daß es ein Auftritt ist, ich will nur, daß endlich deutlich wird, was abgelaufen ist.

Man läßt mich ohne Unterbrechung bis zum Ende berichten. Der Richter fragt nach, was der Täter beabsichtigt hatte. Ich weiß es nicht. Die Austauschsituation, warum hatte ich mich der Bedrohung freiwillig ausgesetzt? Ich bemühe mich, meine Beweggründe sachlich zu vermitteln. Wie ich das Erlebte verkraftet habe? Gut, dank der Hilfe von Freunden, der Familie und Kollegen keine Beeinträchtigungen.

Der Verteidiger: Er kann sich nicht vorstellen, daß

die Frage der Zulässigkeit eines Geiselaustausches nicht geregelt ist. Wir hätten doch regelmäßigen Austausch mit der Polizei gehabt, da müsse es doch einen Konsens zur Frage des Geiselaustausches gegeben haben? Ich frage ihn, wann er einen erlebt hat, der Anlaß zu einer Regelung hätte geben können? Er sagt es mir nicht.

Ihn interessiert, warum ich die Bediensteten von der Station geschickt hätte, wann die Polizei alarmiert worden sei, und warum ich nicht auf ihr Eintreffen gewartet hätte? Ich war zum großen Teil in meiner Aussage schon darauf eingegangen, aber ich versuche, es ihm noch einmal zu erklären. Er greift mich an, und ich möchte mich wehren, mit Ironie oder mit deutlicher Ansage. Ich möchte ihm sagen, was ich von seiner Verteidigungsstrategie halte. Aber ich halte mich zurück und gebe mir Mühe, sachlich zu bleiben. Schließlich spielt er auch nur seinen Part, er vertritt die Interessen des Täters, und dem mag es dienlich sein, wenn ich den Schwarzen Peter habe.

Fünf Bedienstete werden nacheinander vernommen, sie sollen Angaben zum Täter machen. Wie hatten sie ihn am Tattag erlebt? Einigen war aufgefallen, daß er sehr unkonzentriert und ungeduldig wirkte. Die Verhaltensweisen waren ihnen an dem Täter nicht fremd, sie schalteten dennoch den Sicherheitsdienst ein. Der beschäftigte sich mit dem Täter, suchte ihn in seinem Haftraum auf. Der Täter sprach mit ihm, reagierte normal, schien schlecht gelaunt zu sein, aber nicht unter Drogeneinfluß zu stehen.

Der Verteidiger hatte den Leiter der Polizei laden lassen. Er soll sich zum Geiselaustausch äußern. Er bleibt in seiner Aussage vorerst allgemein. Ein Geiselaustausch soll nicht stattfinden, das ist die Linie der Polizei. Der Verteidiger fragt nach den Vorschriften. Nein, ein Geiselaustausch ist nicht geregelt, es gibt keine Vorschrift, die ein solches Vorgehen untersagt. Das ist auch nicht erforderlich, weil ein Geiselaustausch so gut wie nicht vorkommt. Der letzte Fall eines Austausches durch einen Polizisten fand 1972 statt. Ob der Austausch nicht viel zu schnell gegangen sei, ob nicht Zeit zu gewinnen die Strategie hätte sein müssen, will der Verteidiger wissen?

Der Sarkasmus liegt mir wieder auf der Zunge: Hauptsache, die polizeilichen Richtlinien werden eingehalten, auch wenn es unser Leben kostet. Aber ich darf mich nicht äußern, ich bin nicht dran. Der Zeuge bestätigt, daß der Geiselaustausch nicht abgesprochen war, daß man in der Regel natürlich versucht, Zeit zu gewinnen. Ob er überrascht gewesen sei? Ja, er war überrascht, aber er hat auch menschliche Hochachtung empfunden. Mein Anwalt möchte wissen, ob nicht gerade der Geiselaustausch dem Ziel diente, Zeit zu gewinnen, ob nicht auch die Person der Geisel eine Rolle spielte? Der Zeuge räumt das ein, weist aber darauf hin, daß dadurch eine neue Situation geschaffen wurde. Er erwähnt das Stockholm-Syndrom. Dann kann er gehen.

Der Erstsprecher, der Kriminalbeamte, wird in den Zeugenstand gerufen. Wie immer freue ich mich, ihn zu sehen. Wird er sagen, daß er den Eindruck hatte, der Täter würde aufgeben? Seine Rolle ist nicht leicht, der Verteidiger wird nachsetzen, wird versuchen, für seinen Mandanten Punkte zu sammeln: Wäre es zu der Aufgabe gekommen, wäre die Vergewaltigung nicht Gegenstand der Anklage.

Der Kriminalbeamte wird nach den Forderungen des Täters befragt, ob dieser einen Plan verfolgte. Einen konkreten Plan konnte er nicht erkennen, die Forderungen schienen auf einer spontanen Eingebung zu beruhen. Ja, er hat den Eindruck gehabt, daß der Täter bereit war, seinem Angebot zur Aufgabe zu folgen. Dann ist der Kontakt abgebrochen. Mein Anwalt fragt, wie lange er bis zum Abbruch des Telefonats mit uns gesprochen habe. Ungefähr zwei Stunden hat er Kontakt zu uns gehabt. Der Verteidiger möchte wissen, ob ihm das Schicksal der ersten Geisel bekannt gewesen sei. Nein, so genau nicht, sie hatte nicht befragt werden können. Der Verteidiger gibt sich zufrieden. Er hat keine weiteren Fragen, die Vernehmung ist beendet.

Jetzt geht es um den Täter. Der vorgebliche Drogenkonsum am Tattag gibt nicht viel her, die von ihm angegebene Menge konsumierter Schlaftabletten entspricht nicht dem Befund. Der Täter äußert sich nicht. Der Strafregisterauszug wird verlesen. Der Staatsanwalt zitiert aus einem Urteil und zeigt die verschiedenen Seiten des Täters auf. Einerseits jemand, der immer wieder Anstrengungen unternimmt, sein Leben in die Hand zu nehmen, sich im Sozialverbund positiv einzubringen. Jemand, der über seine männliche Ehre erreichbar ist, der nach Korrektheit, Eingliederung und sozialer Anerkennung strebt. Andererseits sind ihm eine antisoziale Persönlichkeitsstörung, mangelnde Impulskontrolle und ein negatives Selbstbild zu bescheinigen. Gefährlich wird die negative Identität in Verbindung mit der antisozialen Persönlichkeitsstruktur. Die Straftaten geben einen eindrucksvollen Beleg. Der Staatsanwalt fordert, die Anklage um Geiselnahme in zwei Fällen zu erweitern.

Wir gehen in die Mittagspause. Der Täter wird abgeführt. Er wird die Pause allein in der Zelle des Amtsgerichts verbringen. Wir stehen beieinander, tauschen uns aus. Jemand mit einer Fernsehkamera will etwas von mir wissen, ich verstehe seine Frage nicht. Mein Anwalt springt ein.

Nach der Pause tritt der Gutachter auf. Er muß sich zur Verantwortlichkeit des Täters äußern. Und er muß angeben, ob aus seiner Sicht der Täter so gefährlich ist, daß die erneute Unterbringung in der Sicherungsverwahrung anzuordnen ist. Der Gutachter hat lange mit ihm gesprochen. Ich bin überrascht. Der Täter wußte, mit welcher Fragestellung er begutachtet wird. Dennoch hat er sich nach anfänglichem Zögern darauf eingelassen, hat zunehmend bessere Mitarbeit gezeigt. Der Gutachter geht auf die Familie ein. Ich kenne die Vorgeschichte und finde sie immer noch trostlos. Der Täter hätte als Kind schon ein fertiger kleiner Mensch sein müssen, um keinen Schaden zu nehmen.

Der Gutachter beschreibt ausführlich die fatale Entwicklung, die sich in den Vollzugsanstalten fortsetzt, er beschreibt Auffälligkeiten, die sich zu Persönlichkeitsstörungen heranbilden und manifestieren. Er schildert auch positive Phasen, je nach dem Vorhandensein stabilisierender Außenfaktoren, je nach dem Einfluß von Menschen, auf die sich der

Täter einlassen konnte. Der Gutachter kommt zu dem Ergebnis, daß eine schwere Persönlichkeitsstörung dissozialer Prägung vorliegt. Die Einsichtsfähigkeit des Täters in das Unrecht seines Tuns sei vorhanden gewesen, eine Einschränkung seiner Steuerungsfähigkeit könne jedoch aus der Verschränkung zwischen Persönlichkeitsstörung und Intoxikation nicht ausgeschlossen werden. Er bleibe für die Allgemeinheit gefährlich, sollte jedoch zur Stabilisierung der positiven Anteile psychologisch begleitet werden.

Dissoziale Persönlichkeiten weisen eine bestimmte Art der Persönlichkeitsstruktur auf, die in Gefängnissen häufiger anzutreffen ist. Es handelt sich um Menschen, die aufgrund ungünstiger Sozialisationsbedingungen kein Urvertrauen entwickeln konnten, die sich nicht geborgen, nicht beschützt, nicht angenommen fühlten. Von daher sind sie auch später in ihren sozialen Beziehungen gestört, fühlen sich anderen unterlegen, können den vermeintlichen Anforderungen nicht entsprechen und haben permanent Angst vor Zurückweisung. Um dennoch in der Welt der Starken und Harten bestehen zu können, bauen sie sich eine Fassade, hinter der sie ihre innere Unsicherheit, ihre Ohnmacht und die Erkenntnis des eigenen Versagens verstecken können. Die Bausteine der Fassade bilden alle Merkmale, die geeignet sind, sich über andere Menschen zu erheben: Unabhängigkeit, Unverwundbarkeit, grandiose Überlegenheit.

Daß jeder Mensch, jede Persönlichkeit positive, aber auch negative Anteile hat, können sie nicht zulassen. Es könnte ihr grandioses Selbstbild ins

Wanken bringen. Für sie gibt es nur Schwarz und Weiß, Gut und Böse. Vertrauensvolle Beziehungen zu anderen sind von daher schwierig. Sie sind nicht in der Lage, ihr Bild, das sie sich von anderen Menschen machen, zu überprüfen, den Erfahrungen in kleinen Schritten anzupassen. Der Mißerfolg ist vorprogrammiert. Versagenserlebnisse kann das instabile Selbstbild nicht verkraften, also beruht der Mißerfolg nicht auf persönlichem Versagen, sondern auf der Schlechtigkeit der anderen. Die anderen wollen sie für eigene Zwecke mißbrauchen, und sie sind deren Opfer. Gefühle der Zurückweisung, des Nichternstnehmens, der Unwichtigkeit – für keinen Menschen angenehm –, aber für dissoziale Persönlichkeiten eine massive Bedrohung ihrer Fassade. Je stärker sie eine Bedrohung erleben, um so größer muß ihre Fassade, ihre Demonstration von Härte und Stärke werden.

Ich fühle mich an die Geiselnahme erinnert, an die extrem verschiedenen Gesichter der Persönlichkeit des Täters. Die Entwicklung vom gefährlichen Geiselnehmer zum – unter diesen Verhältnissen – durchaus kooperativen Verhandlungspartner und wiederum zum gefährlichen Geiselnehmer, den es keine große Überwindung gekostet hätte, mich umzubringen. Noch einmal das grandiose Gefühl der Macht zu erleben, sich für permanent erlebtes Unrecht zu rächen, bevor er sich opfert und sich von der Polizei, von den schlechten anderen, erschießen läßt. Damit hätte er sich in seiner hohen Verwundbarkeit unverwundbar gemacht.

Ich muß an das Gespräch kurz vor der Aufgabe

denken. Das einseitige Gespräch über sein Problem, Menschen angemessen zu begegnen, weil er nur unkritisches Vertrauen und genauso unkritisches Mißtrauen kennt. Und dennoch hat er aufgegeben, hat mich freigelassen.

Wenn der Täter für seine Taten als verantwortlich und für die Allgemeinheit gefährlich befunden wird, wird die Sicherungsverwahrung zum zweitenmal verhängt werden. Das heißt, das Ende der sicheren Unterbringung ist zeitlich nicht mehr begrenzt, und die Aussichten auf eine Therapie sind gering.

Der Staatsanwalt hält sein Plädoyer. Er spricht leise und eindringlich. Er vertritt die Anklage sachlich, schildert die Fakten nüchtern und ohne Polemik. Er stellt fest, daß beide Frauen nicht leichtsinnig gewesen seien, und ich – entgegen anderen Darstellungsversuchen – in dieser Notsituation verantwortlich und couragiert gehandelt hätte. Das Geständnis des Täters sei ein taktisches, es zeige keinerlei Einsicht in das Unrecht seines Tuns. Der Staatsanwalt fordert wegen Geiselnahme in zwei Fällen, erpresserischen Menschenraubes, versuchter und vollendeter Vergewaltigung unter Berücksichtigung verminderter Schuldfähigkeit eine Freiheitsstrafe von fünfzehn Jahren mit anschließender Sicherungsverwahrung.

Jetzt sind die Anwälte des Nebenklageverfahrens dran. Die Anwältin meiner Kollegin beschreibt noch einmal den bedrückenden Ablauf der ersten Geiselnahme. Der Täter habe sein Opfer nicht freiwillig freigelassen. Von daher sei eine Strafmilderung nicht angebracht.

Ich bin gespannt, wie mein Anwalt plädieren wird,

wir haben nicht darüber gesprochen. Er stellt die Austauschsituation voran, betont die Richtigkeit der Entscheidung, und dann hält er ein Plädoyer für den liberalen Strafvollzug. Er betont die Notwendigkeit, am Gesetz festzuhalten, auf ein verantwortliches Leben in Freiheit hinzuarbeiten und nicht den Leuten das Feld zu überlassen, die Isolierung und Ausgrenzung für Sicherheit halten. Er betont, daß die gegen mich erhobenen Vorwürfe der Frau im Strafvollzug und der Frau als Anstaltsleiterin gelten.

Der Verteidiger des Täters läßt sich nicht beirren. Die Anstaltsleiterin habe überstürzt gehandelt, sie habe auf die Polizei warten und die Gefahren im Vorfeld erörtern müssen. Die Polizei habe das Kommando haben müssen, die sei geschult für Aktionen solcher Art. Durch den vorschnellen Austausch seien die Taten erst möglich geworden, die Anstaltsleiterin habe sie selbst durch ihr Verhalten provoziert. Er plädiert für eine Freiheitsstrafe, die im unteren Strafmaßrahmen liegt, und keine Anordnung der Sicherungsverwahrung.

Inzwischen ist es Nachmittag geworden, und das Gericht zieht sich zur Beratung zurück. Um 18.00 Uhr soll das Urteil verkündet werden.

Wir sitzen beim Kaffee in größerer Runde, erörtern den Prozeßverlauf. Die Forderung des Staatsanwalts nach einer Freiheitsstrafe von fünfzehn Jahren mit anschließender Sicherungsverwahrung war vorauszusehen und hat niemanden überrascht. Wir rechnen mit einer Freiheitsstrafe von zehn bis zwölf Jahren. An der Unterbringung in der Sicherungsverwahrung wird der Täter nicht vorbeikommen.

Kurz vor 18:00 Uhr, wir haben unsere Plätze wieder eingenommen. Der Schlußakt beginnt, die Pressevertreter sind startbereit. Ich habe das Ende dieser Geschichte herbeigesehnt, aber nun hat es etwas Beklemmendes. Wir stehen auf, die Richter und Schöffen betreten den Saal. Wir bleiben stehen, das Urteil wird verkündet: Der Täter wird wegen Geiselnahme in zwei Fällen, davon in einem Fall in Tateinheit mit versuchter Vergewaltigung, im zweiten Fall in Tateinheit mit erpresserischem Menschenraub und Vergewaltigung zu einer Gesamtfreiheitsstrafe von fünfzehn Jahre verurteilt. Die Sicherungsverwahrung wird angeordnet.

Fünfzehn Jahre. Das heißt, er wird fast sechzig Jahre alt sein, wenn die derzeitige Sicherungsverwahrung und die Freiheitsstrafe erledigt sind und die zweite Sicherungsverwahrung ansteht. Warum hat er nicht eher die Kurve gekriegt? Für fünf Stunden Macht zahlt er den Rest seines Lebens. Er hat gewußt, daß eine Geiselnahme kein Kinderspiel ist. Er hat es gewußt, gewußt, was ihn erwarten würde. Und trotzdem hat er aufgegeben, hat mich freigelassen und seine Macht nicht bis zum tödlichen Ende ausgespielt.

Ich sehe zu dem Täter hinüber, er zeigt keine Regung. Der Blick ist wieder ins Leere gerichtet, als sei jemand ganz anderes gerade verurteilt worden. Jemand, mit dem ihn nicht sonderlich viel verbindet.

Die Begründung folgt, wir können uns setzen. Der Vorsitzende Richter trägt vor, wie die einzelnen Verbrechen rechtlich einzuordnen sind, wie die Kammer zu den Einzelstrafen von zweimal zehn

Jahren kam, die dann zur Gesamtfreiheitsstrafe von fünfzehn Jahren zusammengezogen wurden. Die Begründung ist ausführlich, aber erst als der Vorsitzende Richter zum Ende kommt, scheint der Täter zu erfassen, daß eine Entlassung in die Freiheit in unendliche Ferne gerückt ist. Er schaut den Richter an, er wird unruhig.

Der Richter kommt zum Ende, die Verhandlung ist geschlossen. Der Täter steht abrupt auf, auch wir haben uns von unseren Plätzen erhoben. Er schaut mich an, das erstemal an diesem Tag sehen wir uns an. Ich kann seinen Blick nicht deuten. Erwartet er Hilfe von mir? Aber was kann ich denn tun? Hier kann nur noch sein Anwalt helfen. Er wendet sich ihm zu, spricht ihn an, seine Verzweiflung ist spürbar. Der Anwalt zieht seinen Mantel an, schüttelt den Kopf und macht eine abwehrende Geste. Er sagt noch etwas zu ihm, bevor er den Gerichtssaal verläßt. Der Täter bleibt wie betäubt an seinem Tisch stehen, blickt ihm nach. Die Bediensteten nähern sich, fordern ihn auf, die Hände für die Fesselung nach vorn zu nehmen.

Er wird abgeführt.

Männer und Frauen – eine Fiktion

Ein Gefängnis, das Männer mit langen Freiheitsstrafen beherbergt. Männer, die zum Teil schwere Straftaten begangen haben. Männer, die zum Teil für die Allgemeinheit gefährlich sind.

Ein Gefängnis, in dem eine Geiselnahme stattfindet. Nicht ungewöhnlich für eine Einrichtung dieser Art.

Ein Geiselnehmer, der bewaffnet ist, der als gefährlich gilt.

Ein Anstaltsleiter, der sich austauschen läßt. Der nach dem Austausch – ebenso wie sein Mitarbeiter – verletzt wird und den Geiselnehmer dennoch zur Aufgabe bewegen kann. Ein Anstaltsleiter, der drei Tage später wieder hinter seinem Schreibtisch sitzt.

Eine Polizei, die weder die Verletzung verhindern noch den Geiselnehmer überwältigen kann.

Zeitungen, die berichten:

POLIZEI ÜBERWÄLTIGT GEISELGANGSTER

Kurz nach 22 Uhr gelang es der Polizei, den Täter zu überwältigen und den Anstaltsleiter zu befreien.

Abgeschirmt von der Öffentlichkeit erholen sich die beiden Männer. Doch von der Polizei müssen sie sich demnächst wohl ein paar Vorwürfe anhören müssen. »Hätten sie sich an unser Prinzip gehalten und auf den Austausch verzichtet, hätte es nur einen Verletzten gegeben.«

Ohne Absprache mit der Polizei habe ein Austausch der Geisel durch den Anstaltsleiter stattgefunden, obwohl bereits Beamte im Gefängnis waren, hieß es. Auch der Anstaltsleiter wurde gefesselt, geknebelt und verletzt.
Ein Sondereinsatzkommando der Polizei beendete die Geiselnahme nach rund vier Stunden ohne Blutvergießen.

Was sich gestern abend in der JVA abspielte, zeichnet sich immer mehr als Amoklauf des Mörders und Totschlägers ab. Er brachte gestern abend einen Sozialarbeiter mit einem geschliffenen Messer in seine Gewalt und verletzte ihn schwer. Auf eigenen Wunsch bot sich dann der Leiter der Anstalt als Geisel im Austausch gegen den Sozialarbeiter an. Er nahm seine schwere Verletzung in Kauf. Gegen 22 Uhr ergab sich der Täter dann der Polizei. Psychologen bemühten sich sofort um die Opfer.

Ohne Beteiligung der schon in der Anstalt anwesenden Polizei ging der Anstaltsleiter zu dem als sehr gewalttätig bekannten Täter und bot sich als Ersatzgeisel für seinen Kollegen an. Offenbar jedoch war das Messer in der Hand des Täters, der als Sicherungsverwahrter nichts mehr zu verlieren glaubte, argumentationsstärker als alle zuvor erfolgreich eingesetzten Worte der Deeskalation: Auch ihm wurde massiv Gewalt angetan.

Es geht um die Sicherheit jener Menschen, die freiwillig hinter Gitter gehen, dort arbeiten. Wie die beiden Opfer des Täters oft aus dem edlen Motiv heraus, Straftätern bei ihrer Resozialisierung zu helfen.

Zu fragen ist auch, ob der Anstaltsleiter – bei allem Mut und Engagement, das er gezeigt hat – diese Führungsposition weiter ausüben sollte.

Das allgemeine Mitleid mit den beiden Verletzten hat jede Nachfrage verstummen lassen, ob da etwa ein Selbstverschulden vorgelegen haben könnte. Der Anstaltsleiter trat einen Tag nach seiner Verletzung wieder seinen Dienst an ... Angebracht wäre auch die Frage, wie es mit der Fürsorgepflicht eines Dienstherren zu vereinbaren ist, daß ein gerade verletzter Mann wieder die Verantwortung für die Sicherheit von zweihundert Gefangenen und 137 Bediensteten übernehmen darf.

Ein Prozeß, der ein Jahr später stattfindet. Die Anklage lautet auf vorsätzliche schwere Körperverletzung in zwei Fällen.

Ein Verteidiger, der dem Anstaltsleiter vorwirft, überstürzt und unbedacht gehandelt, gegen die Vorschriften verstoßen und letztlich selbst seine Verletzung provoziert zu haben. Ein Verteidiger, der sagt, der Anstaltsleiter hätte die Befreiung der Geisel der Polizei überlassen und sich den dafür geschulten Leuten anvertrauen müssen.

Eine Geschichte, die nicht stimmt. Ich habe sie mir ausgedacht. So etwas kommt im realen Leben nicht vor. So geht man nicht um mit einem Mann, der einen Mitarbeiter aus höchster Not befreit, die Befreiung mit einer Verletzung bezahlt und die lebensbedrohende Situation unbewaffnet und ohne Hilfe der Polizei regeln konnte. Das ist ein gestandener Mann, der den Austausch mit Bedacht gewählt, sich über Vorschriften – wenn es denn welche gab – hinweggesetzt und seine Verletzung für ein höherwertiges Gut in Kauf genommen hat. Die Verletzung zeichnet ihn aus, ist sie doch Beweis für die Gefahr, in welcher sein Mitarbeiter geschwebt hat.

Die Zeitungen hätten geschrieben:

Anstaltsleiter überwältigt Geiselnehmer.

Abgeschirmt von der Öffentlichkeit erholt sich der Geiselnehmer. Doch vom Anstaltsleiter muß sich die Polizei demnächst wohl ein paar Vorwürfe anhören müssen.

Die Gegner des Knastchefs werden möglicherweise mit einer gewissen Enttäuschung lesen, wie er diese Situation meisterte. »Meine Strategie war, M. durch sicheres Auftreten von einer freiwilligen Aufgabe zu überzeugen«, heißt es da. Das Ergebnis ist bekannt: Der Erfolg gab ihm recht.

Catharina Aanderud

Weniger ist mehr

Zurück zum einfachen Leben

240 Seiten. Geb.

Blicken wir auf unsere Gesellschaft, drängt sich trotz aller wirtschaftlichen Probleme und des Zwangs zur Reformierung des Sozialstaates auch der Eindruck eines »Zuviel« auf. Zuviel zu essen, zuviel zu erleben, zu viele Fernsehprogramme, aber auch zuviel zu versäumen, zuviel Streß, zuviel Konsum. Die Menschen fühlen sich überfordert. Zu voll der Kopf, zu leer das Herz. Wir sind nicht mehr in der Balance, uns fehlt ein inneres Gleichgewicht. Inzwischen beginnt eine kleine, aber wachsende Zahl von Menschen zu merken, daß zuviel von allem möglichen unser Leben »vermüllt« und unsere Wohnungen verstopft. Was wir dringend benötigen, ist Zeit und Raum. Zeit, um eigenen Interessen nachzugehen, und Raum, um Bewegungsfreiheit zu genießen. Wie kommen wir runter vom Leben auf der Überholspur? Wir müssen die Langsamkeit für uns entdecken und weniger Dinge intensiver genießen. Das bringt die nötige Aufwertung unserer Innenwelt, läßt uns klarer sehen und bewußter handeln. So wächst unsere Selbständigkeit, weil wir für uns entscheiden und uns weniger ge- und bedrängt fühlen.

KABEL

Elisabeth Müller-Luckmann

Lügen haben viele Beine

Der schmale Grat zwischen Wahrheit und Lüge

128 Seiten. Geb.

Ehrlichkeit steht als Wert unangefochten hoch im Kurs. Doch mal ganz ehrlich: Meistens sind wir unehrlich. Wir streiten etwas ab, wir reden uns heraus, wir sagen nicht unsere wirkliche Meinung, manchmal behaupten wir sogar das Gegenteil. Gravierender wird es, wenn wir richtig lügen, und zwar aus zweifellos egoistischen Motiven, aus Feigheit beispielsweise, aus Eigennutz oder aus Bequemlichkeit. Wenn das zum Dauerzustand wird, haben wir es mit chronischem Lügen zu tun. Aber wie sieht es mit Lügen unter besonderen Umständen aus, wie zum Beispiel im Dritten Reich, wo gezielte Lügen Menschenleben retten konnten? Oder die Lüge des Arztes gegenüber einem Patienten oder dessen Angehörigen, denen aus seiner Sicht die Wahrheit nicht zuzumuten ist, wo man sich also im wörtlichen Sinn einer Notlüge bedient? Kann eine solche Lüge nicht nur legitim, sondern sogar notwendig sein? Die Frage bleibt, wie wir uns individuell auf dem schmalen Grat zwischen Wahrheit und Lüge bewegen. Die bekannte Psychologin Elisabeth Müller-Luckmann will mit diesem Buch keine Ratschläge, sondern Denkanstöße geben.

KABEL